# Una noche de estrellas

## Susan Stephens

Bianca™

HARLEQUIN™

Editado por HARLEQUIN IBÉRICA, S.A.
Hermosilla, 21
28001 Madrid

© 2007 Susan Stephens. Todos los derechos reservados.
UNA NOCHE DE ESTRELLAS, Nº 1770 - 11.7.07
Título original: One-Night Baby
Publicada originalmente por Mills & Boon®, Ltd., Londres.

I.S.B.N.: 978-84-671-5243-2
Depósito legal: B-24530-2007
Editor responsable: Luis Pugni
Composición: M.T. Color & Diseño, S.L.
C/. Colquide, 6 - portal 2-3º H, 28230 Las Rozas (Madrid)
Fotomecánica: PREIMPRESIÓN 2000
C/. Algorta, 33. 28019 Madrid
Impresión y encuadernación: LITOGRAFÍA ROSÉS, S.A.
C/. Energía, 11. 08850 Gavá (Barcelona)
Fecha impresion para Argentina: 7.1.08
Distribuidor exclusivo para España: LOGISTA
Distribuidor para México: CODIPLYRSA
Distribuidores para Argentina: interior, BERTRAN, S.A.C. Vélez
Sársfield, 1950. Cap. Fed./ Buenos Aires y Gran Buenos Aires,
VACCARO SÁNCHEZ y Cía, S.A.
Distribuidor para Chile: DISTRIBUIDORA ALFA, S.A.

# Capítulo 1

CUÁNDO podría estar en Roma? –Kate Mulhoon cerró los dedos alrededor del auricular del teléfono. «Iría a donde fuera necesario por ti, Caddy, pero no a Roma…»

Pero aunque esas palabras no dejaban de resonar en su mente, Kate sabía que no podía dejar a su preciosa prima Cordelia en apuros, aunque eso significara viajar a Roma y arriesgarse a… encontrase de nuevo cara a cara con Santino Rossi.

En ese momento una ráfaga de aire gélido azotó las ventanas de su oficina, recordándole a Kate otra noche, cinco años antes, en la que también había tenido que quedarse a trabajar hasta tarde. Pero aquella noche parecía haber transcurrido en otra vida, a otra persona…

Esa persona ya no existía, se dijo Kate a sí misma, fijando toda su atención en la pantalla de su ordenador.

–¿Kate, sigues ahí? –preguntó Caddy con ansiedad.

–Estoy guardando el archivo.

Hacía frío en la oficina; la calefacción se apagaba a las seis y Kate deseó tener a mano un buen jersey para abrigarse, pues iba vestida con su uniforme de oficina habitual: un traje de chaqueta y una fina blusa blanca. A menudo le decían que no se vestía acorde a su edad, y que su vestuario la envejecía, pero ella tenía sus motivos.

Una vez guardado su trabajo, Kate buscó información sobre vuelos. Caddy no sólo era una de sus personas más queridas, sino también la famosa actriz Cordelia Mulhoon, una de las clientes más importantes de la agencia. Kate era la responsable de cuidar de esos clientes. Además, Caddy era el tipo de persona que si pedía ayuda, era porque la necesitaba de verdad.

Si no hubiera estado la madre de Caddy, la tía Meredith, para ocuparse de todo en casa, Kate se habría planteado viajar, pero la tía era como una roca y no dejaría que nada ni nadie se interpusiera en su rutina. A pesar de todo, a Kate no le resultaría nada fácil dejar a su pequeña, Francesca. Por eso el viaje tendría que ser corto…

Kate se apartó un mechón de pelo de la cara y estudió la lista de vuelos a Roma. Había pasado mucho tiempo desde la última vez que se miró a un espejo. Kate tenía el pelo rubio oscuro y lo llevaba recogido más por comodidad que por seguir la moda, y los brillantes rizos le caían casi hasta la cintura. En su trabajo estaba rodeada de «glamour», pero eso a ella le interesaba poco. Kate era una persona muy discreta a la que le gustaba dar largos paseos con Francesca o hacer pasteles en la bonita casa de campo de su tía. Se declararía culpable en un juicio si la acusaran de no dedicar tiempo a su aspecto físico, y no veía nada de especial en su alta y esbelta figura. De hecho, Kate no veía nada de especial en ella, y eso le agradaba, pues de ese modo estaría segura: segura de ser el centro de atención, segura de que hablaran de ella, de los cotilleos…

Los ojos de Kate eran su rasgo más notable. Eran grises, pero tan expresivos que podían volverse de acero cuando había algo o alguien que necesitara que lo defendieran.

—La verdad es que me siento mal por todo esto —dijo Caddy.

—No lo hagas —murmuró Kate, distraída. Acababa de localizar un vuelo que le venía bien.

—No te pediría que vinieras si no te necesitara de verdad…

—Eso no tienes que decírmelo —dijo Kate con dulzura para tranquilizar a su prima.

Las emociones de Caddy siempre eran de lo más incontrolables, y ése era uno de los motivos por el que era tan buena actriz. Kate siempre había sido la prima serena y controlada, lo que hizo que su comportamiento de cinco años antes fuera aún más notorio. Para sus padres, ella había pasado de ser la niña perfecta a una descastada, desde el momento en que les dijo que estaba embarazada. Sólo la tía Meredith había estado a su lado, y ahora era la hija de su querida tía la que necesitaba la ayuda de Kate. No podía ni plantearse dejar tirada a Caddy y enviar a otra persona, aunque la caja de Pandora era una fiambrera infantil comparada con los problemas que podía ocasionar la presencia de Kate en Roma. Roma era donde vivía Santino Rossi, y Santino Rossi era el protagonista de aquella noche del pasado. Por la crueldad del destino, Santino era también el productor de la película en la que estaba trabajando Caddy.

¿Qué posibilidades tenía de no encontrarse con Santino Rossi en los estudios Cinecitta, donde Caddy

estaba rodando? Ninguna, asumió Kate cariaconte-
cida.

Aunque su instinto le gritaba que se quedara
donde estaba, su sentido de la lealtad no le dejaba tomar el camino de la cobardía, así que para tener más
claro lo que se encontraría al llegar allí decidió intentar recabar más información.

—¿Qué ha pasado, Caddy? ¿Tu manager no puede
ocuparse del problema? —pero en el momento de hacer la pregunta, Kate se dio cuenta de que se equivocaba. No podía preguntarle algo así a una persona a
la que consideraba su hermana—. Caddy, estoy com-
prando el billete de avión ahora mismo.

Se oyó una exclamación de alivio desde el otro
lado de la línea.

—Oh, Kate, menos mal. Marge Wilson ha sido una
manager pésima. Ojalá te hubiera hecho caso y no la
hubiera contratado. Está borracha todo el tiempo
y…

—Todos cometemos errores —la interrumpió Kate—.
Y no me des las gracias. Tú harías lo mismo por mí.

Mientras hablaba, la mente de Kate no descan-
saba. Estaba tranquila porque tenía una ayudante que
se haría cargo de todo en la empresa en su ausencia.
Aparte de eso, sólo tenía que seguir repitiéndose una
y otra vez que la tía Meredith se haría cargo de todo
mientras ella estuviera fuera y que la pequeña Francesca no la echaría mucho de menos. Sólo tardaría
unos pocos días en enderezar las cosas en el estudio
de grabación y en encontrarle a Caddy un nuevo manager…

—No te preocupes, Caddy. Estaré contigo en menos de un día…

—No te pediría que vinieras si no fuera una situación crítica, pero ésta lo es. Y no es sólo Marge; como no hay nadie al cargo, casi todo el equipo está de fiesta, y el director se pasa el día metido en su caravana esnifando coca con su novia –explicó Caddy con desagrado–. Santino no está en la ciudad y vamos muy retrasados…

«¿Santino no estaba en la ciudad?» Si Kate hubiera necesitado un empujón para tomar la decisión, aquello habría sido definitivo. Se sintió inmediatamente más aliviada, pues si él no estaba, tal vez pudiera arreglar todo y volver sin que él supiera si quiera que ella había estado allí.

–De acuerdo –dijo ella apagando el ordenador–. Voy para allá.

Kate no tardó en volver a tener dudas. El cine era sólo un brazo del enorme imperio de Santino, pero era su empresa más visible, y Kate tenía muy claro que Santino volvería enseguida si se enteraba de que las cosas no iban como debían en el rodaje de su último futuro éxito de taquilla. No era del tipo de hombres que dejaran que los escándalos mancharan su reputación. Cierto era que el cine era la pasión de Santino, pero lo llamaban «el hombre de hielo» en el ambiente de los negocios. No dejaba ni un cabo suelto.

Kate se estremeció al pensarlo y, como si pudiera notar su preocupación, Caddy empezó también a tener dudas.

–Ojalá esto no hubiera sucedido, Kate. Ojalá no tuviera que pedirte esto…

–Déjame ver qué puedo hacer antes de empezar a hacerte ilusiones –advirtió Kate–. Aunque tenga buenas intenciones, no tengo autoridad para imponerme en el plató.

En especial tratándose del plató de Santino Rossi, pensó Kate, pero se trataba del primer papel protagonista de Caddy y ella haría lo que fuera necesario para que su prima tuviera éxito.

–No te preocupes –la tranquilizó–. Me aseguraré de que tú estés bien. Además, no tienes que preocuparte por mí y Santino. Han pasado cinco años de aquello –añadió Kate, aunque ninguna de las dos podría olvidarlo.

–Si lo tienes tan claro.

–Desde luego que lo tengo claro –repuso Kate.

–De acuerdo. Dejaré aviso en la entrada, y cuando llegues, simplemente di que eres mi nueva manager.

–¿Tu nueva manager?

–Ya he despedido a Marge.

–¿En serio? –Kate sonrió. Entre ellas tenían una regla no escrita que decía que Caddy se ocuparía del trabajo sucio–. Estaremos en contacto. Ten el teléfono a mano y te avisaré cuando aterrice el avión.


Kate fue al apartamento de la empresa donde se quedaba cuando tenía que trabajar hasta tarde y metió algo de ropa en una bolsa de viaje. Todo lo que se pensaba llevar a Roma era ropa fácil de lavar y secar en el baño, pues no pensaba quedarse mucho tiempo. Iba justa de tiempo para tomar el avión, pero ése no era el único motivo por el que su corazón latía aceleradamente. Sólo con pensar en Santino ya se sentía agitada.

Habían pasado más de cinco años desde el día en que Santino y su gente llegaron a la pequeña ciudad inglesa donde Kate vivía con sus padres. Cinco años desde que los hombres con aspecto más peligroso que Kate había visto invadieron Westbury buscando localizaciones para su próxima película. Toda aquella testosterona italiana había afectado en gran medida a las chicas de la ciudad. Aquellos hombres vestidos con estilo que miraban directamente y con confianza a las mujeres habían hecho que ellas perdieran la cabeza tras ellos… y Kate no se había quedado atrás.

Por un cruel giro del destino, los italianos se alojaron en Slade Hall, la mansión en la que Kate trabajaba como camarera para pagarse los estudios. Ella no tenía ni idea de que el más alto e impresionante de aquellos hombres era Santino Rossi, el productor de cine y empresario. Santino siempre procuraba ocultar su identidad, y gracias a esa discreción oyó a Kate comentarle a una de sus compañeras de trabajo que había un italiano para cada una de las chicas que trabajaban allí; los había contado.

Su destino quedó claro en el momento en que Santino entró en la sala sonriendo. ¿Acaso la había elegido a ella? En aquel momento, a ella le pareció imposible, pero… ¿Cómo iba a resistirse a una oportunidad única? ¿Era su virginidad tan preciosa como para no poder perderla con un hombre que parecía haber nacido para dar placer a las mujeres? Kate tardó dos segundos en decidir que prefería perderla con él antes que con algún inexperto en el asiento trasero de un coche.

Entonces sólo tenía dieciocho años y no se detuvo a valorar las consecuencias. Estaba ávida de aventuras.

Kate ni siquiera años después podía dar a sus acciones un toque de respetabilidad. Aquella noche, se la pasó mirándolo mientras trabajaba, y cuando él se fue a su habitación en lugar de al bar, ella se escapó y lo siguió. Con una bandeja en las manos y una taza de café, construyó una excusa para llamar a su puerta: el director le enviaba el café que el señor Rossi no había querido pedir en el restaurante.

La mirada divertida de Santino indicaba que probablemente él fuera consciente de su mentira, pero la invitó a pasar a su habitación.

Sin más sutilezas de las que ella había mostrado, le indicó a Kate dónde dejar la bandeja y después la acorraló contra la pared. Santino la besó entonces como ella sólo había visto en las películas: con dulzura, pero muy persuasivamente, hasta que todo su cuerpo le pidió más y ya fue imposible dar marcha atrás.

La pasión que se encendió entre ellos fue tan grande que Santino no habría podido imaginar que ella era virgen. Cierto es que Kate sintió algo de dolor al principio, pero mereció la pena por el placer tan grande que sintió después, placer que aun años después le hacía añorar sus caricias.

Pero era hora de dejar las ensoñaciones peligrosas a un lado, pensó Kate cerrando la bolsa. Pensar en Santino era algo que no podía permitirse, y además, tenía que subir a un avión. Con una última mirada tras de sí para comprobar si había olvidado algo, Kate se echó la bolsa al hombro y salió hacia el aeropuerto.

Las palabras de Carlo, hicieron saltar la alarma para Santino. La cosa tenía que tener muy mala pinta para que Carlo, un hombre de setenta años, tomara la desagradable decisión de llamarlo y hacer que cancelara todos sus compromisos y saliera en dirección al estudio de rodaje inmediatamente. Carlo le informó de la actitud del director, del resto del equipo de rodaje y de la de la manager de su actriz principal, y no necesitó más advertencias para comprender que si no iba pronto, las cosas no se enderezarían.

Santino apretó los labios al pensar en lo que le esperaba. No se cansaba de recordarse a sí mismo que los artistas eran gente impredecible, pero el director que había contratado estaba considerado como el mejor. ¿El mejor de qué? Tendría que despedirlo en cuanto llegara. Por suerte, ahora podría contratar a la directora que él había elegido en primer lugar. En principio, ella estaba comprometida en esas fechas en otro rodaje, pero éste había terminado antes de tiempo, así que podría unirse a su proyecto, y hasta que ella llegara, Santino tendría que asumir el mando. No le agradaba la idea, pero no tenía elección.

Cuando recibió el visto bueno de la torre de control, Santino colocó su Gulfstream G55o en posición de despegue en la pista. Encendió los dos motores Rolls Royce BR710 y soltó los frenos.

Al llegar al estudio, vio algo que le erizó el pelo de la nuca. La intrusa era una mujer joven, vestida con un impecable traje, pero había algo extraño en ella: la gente la escuchaba. Aquello no frenó la indignación de Santino. ¿Quién se creía que era ella para dar órdenes que no provenían de él?

Santino se divirtió con el hecho de que todos hubieran notado su llegada al estudio y lo miraran atentos, mientras ella, de espaldas a él, no se había dado cuenta de nada… pronto se enteraría.

En cuanto ella vio que había perdido la atención de su audiencia, se giró. No podía tener más de veinticinco años, se dijo él, y entonces se dio cuenta. ¡La conocía!

# Capítulo 2

**S** ANTINO vio que ella también lo había reconocido, pero le sostuvo a mirada.

Era extraño que la hubiera reconocido tan rápidamente. Ella tenía un aspecto muy diferente, y se preguntó qué habría sido de ella en esos cinco años que habían pasado desde su último y memorable encuentro. No le gustaban las incógnitas: cuando algo era distinto de lo que debería ser, Santino lo interpretaba como una advertencia.

–Este estudio es un lugar de acceso restringido. No se permite la entrada a visitantes –su tono era frío, y su intención era alterarla.

–Estoy aquí para proteger los intereses de mi cliente, Cordelia Mulhoon –le respondió ella con frialdad.

Sus ojos grises lo miraron sin un ápice de temor o inquietud. Su rostro era aún más bello de lo que recordaba; sus rasgos estaban más definidos y el pelo, aunque recogido, aún le llegaba a la cintura, tan precioso como recordaba. Tenía los labios llenos y esos ojos grises… La última vez que se vieron esos ojos grises echaban fuego, y sólo de pensarlo, Santino sintió que se excitaba. A pesar de estar convencido de que nunca volvería a ver a aquella mujer, nunca la había olvidado, pero el destino había hecho que fuera la representante de la actriz principal de su película, apareciéndose frente a él ocultando su lado salvaje bajo una apariencia gris. No había rastro en su aspecto que descubriera la amante entregada y divertida que era... a no ser que estuviera jugando con él, por supuesto.

Kate no tenía ni idea de cómo podía mantener el tipo. Santino Rossi era el padre de Francesca, y eso no podía olvidarlo. El padre de su preciosa niñita, pero él no lo sabía. Sólo la necesidad de mantener sus sentimientos ocultos le daba fuerzas para mirarlo directamente a los ojos. Esos ojos oscuros e inteligentes que podían desnudar su alma de un solo vistazo.

No había podido olvidarlo. Su rostro le resultaba tan familiar como si nunca hubieran dejado de verse... la nariz aquilina, las cejas angulosas negras, el pelo oscuro que seguía llevando un poco más largo de lo habitual. La sombra del mentón y las mejillas le recordó la agradable sensación contra su piel y sus sensuales labios le trajeron recuerdos de un placer tan intenso que su cuerpo empezó a responder.

Era peligroso seguir deseándolo tanto, y había algo en sus ojos, en el gesto seguro de sí mismo de sus labios, que le indicaba que tenía que tener cuidado. Ella ya no era la persona que Santino creía conocer; la Kate Mulhoon de aquel momento no tenía nada que ver con la chiquilla que Santino había llevado a la cama. De algún modo tenía que hacérselo ver, pero no le resultaría fácil teniendo en cuenta que se conocían el uno al otro de forma íntima.

—Estoy aquí en respuesta a la llamada urgente de mi cliente —Kate sostuvo la mirada dispuesta a man-

tener un tono lo más profesional posible. No estaba
lista para hablarle de Francesca, y aquél tampoco era
el momento para hacerlo. Aunque conocía su cuerpo,
no conocía de verdad al hombre, y Santino Rossi seguía siendo un extraño para ella. Tampoco sabía que
clase de padre podría ser para su hija.

–Muy bien –la tensión de sus hombros se relajó–.
Veo que tenemos los mismos intereses.

Él parecía razonable, pero ¿cómo reaccionaría
cuando supiera que tenía una niña de cuatro años?

–Sugiero que hablemos en un lugar más tranquilo… –hizo un gesto hacia un grupo de sillas que
los actores utilizaban cuando no estaban trabajando–.
Así no entorpeceremos el trabajo de los demás y podremos charlar con más comodidad.

–Gracias.

–Creo que los dos tenemos que hablar con Cordelia –dijo él cuando se hubieron acomodado– y llegar
al fondo del problema antes de tener una reunión de
verdad.

¿Una reunión de verdad? A Kate empezó a latirle
el corazón con mucha fuerza. No quería pasar tiempo
a solas con él, no podía enfrentarse a una sesión de
preguntas y respuestas.

Ya era demasiado tarde para desear habérselo dicho en el momento en que supo que estaba embarazada. Pero en aquel entonces aún estaba muy alterada
por el rechazo de sus padres, y en cuanto Francesca y
ella se trasladaron a la granja de la tía Meredith, fue
cuando salió a la luz el escándalo que hizo estreme-
cerse aún más el mundo de Kate. Las revistas de coti-
lleo publicaron la historia de que, mientras Santino
Rossi estaba en Inglaterra, había concebido un hijo;
Santino no dejó enfriarse la historia y llevó a la su-

puesta madre a los tribunales, mostrándola como una impostora. Kate se había sentido tan humillada como la familia de aquella chica el día que apareció en la televisión en el tribunal, y eso hizo que se acobardara aún más. Kate comprendió que tendría que hacerse cargo ella sola de Francesca, y cuando Meredith le habló de un puesto en una agencia de representación en Londres y se ofreció a cuidar de la niña, decidió levantar la cabeza y pensar en el futuro de su hija. También sabía que no podía enfrentarse a una larga batalla en los tribunales contra Santino Rossi, así que lo borró de su vida, aunque no de su consciencia.

La pequeña de Kate, Francesca, vivía rodeada del cariño de su familia en la casita de la tía Meredith, ajena a las maldades de este mundo, tal y como su madre quería para ella. Kate había tomado el único camino que se abrió ante ella: no conocía al hombre con el que se había acostado, no sabía cuáles eran sus preocupaciones, ni si tenía alguna aparte de sí mismo. La industria del cine era un mundo fascinante, pero no siempre sus miembros eran personas muy estables. Hasta que no supiera más de Santino como hombre, no podría confiar en él para darle la noticia de que tenían un hijo en común.

Después de su breve charla, Kate observó a Santino en el estudio. Todo el mundo le prestaba atención, y si aquélla hubiera sido la primera vez que lo veía, habría quedado impresionada. Él había reaccionado del mismo modo que ella ante el primer signo de problemas, dejándolo todo para acudir a solucionarlo. Eso hizo que creciera en Kate el deseo de confiar en él, pero, ¿podría hacerlo conociéndolo de tan poco tiempo? ¿Podría fiarse de su buen juicio después de lo que había ocurrido hacía cinco años? No podía poner en juego la felicidad de Francesca del mismo modo que lo había hecho con la suya.

Kate podía sentir que Santino la estaba intentando juzgar del mismo modo que ella lo hacía con él, y su rostro se enrojeció cuando sus miradas se encontraron. ¿Cómo podía ignorar que el tiempo no había hecho más que mejorar la perfección en él? Aparte de unos mechones plateados en su pelo negro, Santino parecía más fuerte y más viril que nunca. Su lugar estaba en la gran pantalla más que detrás de ella, pero no podía permitirse el dejarse llevar por el atractivo de Santino o su increíble sensualidad. Ya no tenía dieciocho años, y era una mujer adulta con responsabilidades. No podía permitirse sentir nada por él.

Santino se dio cuenta de que ni los actores ni los trabajadores prestaban ninguna atención a su conversación. Eso le extrañó, pues las frases que habían cruzado a su llegada tenían que haber despertado algún interés. Estaba claro que lo que ella les había dicho antes debía haber tenido efecto sobre ellos, pues había funcionado, y todo el mundo andaba concentrado en sus cosas. Volvió su mirada hacia ella. Bajo la tela barata de su blusa se podía adivinar una figura esbelta, y Santino no pudo evitar imaginarse su cuerpo desnudo bajo la tela, lo que despertó un fuego dormido en él y la consiguiente reacción física. Eso le sirvió de advertencia para que mantuviera su mirada fija sólo en su cara en adelante.

Se sentía como un león enjaulado. Ella era quien le hacía sentir de ese modo. Estaba acostumbrado a tomar el control, no a quedarse al margen, y le parecía increíble que una chiquilla pudiera llegar y tomar las riendas de su estudio de rodaje.

Tal vez fuera una chiquilla con grandes ideas…

Santino entrecerró los ojos al mirar a Kate. Tenía problemas en confiar en los demás desde el día que su madre se fue a la compra y nunca volvió. Con seis años, eso podía causar una gran impresión en una persona. Para él todas las mujeres eran iguales, y por eso no se había casado. Todas se alejaban cuando descubrían que su cuenta corriente no estaba abierta para ellas, pero aquella chica era un enigma: no se había puesto una etiqueta con el precio en el pecho como las demás, sino todo lo contrario. No se había molestado en recordarle el rato que habían pasado juntos hacía cinco años, lo que, de un modo casi perverso, a él le había resultado un insulto. Le hacía pensar que ella debía esforzarse más en agradarlo.

Santino se sintió posesivo cuando Kate lo miró. Después de la noche que habían pasado juntos, ¿cómo podía permitirse ella adoptar esa apariencia de solterona estirada? Sus manos, sin rastro de anillos, no habían escapado a su examen.

Pero aquello era una distracción demasiado grande cuando tenía tanto trabajo ante sí. No había ni rastro de su director, lo cual no le importaba demasiado, puesto que le resultaba totalmente inútil y pensaba despedirlo inminentemente, pero decidió ocuparse de los problemas de uno en uno. Su atención se centró en Kate, y no pudo quedar más sorprendido cuando ella tomó la iniciativa.

—Creo que todo el mundo está contento con las disposiciones que les he indicado —le dijo ella, con confianza.

Y lo miró, esperando la aprobación de sus acciones, como si ella trabajara ya para él, claramente ig-
norante de que estaba paseando al borde del cráter de
un volcán.

–Hemos acordado que en los próximos días, o
hasta que llegue el nuevo director –siguió ella–, los
actores trabajarán sobre el guión y los técnicos del
rodaje podrán probar los equipos…

Él se planteó preguntarle si ella se creía la propie-
taria del estudio.

–¿En serio? –su voz estaba cargada de sarcasmo,
pero ella no lo notó o decidió ignorarlo, porque no
apartó la mirada de sus ojos.

Además, ella le hablaba con el mismo tono considerado que utilizaba con todos los demás, lo cual no
le gustó nada y le hizo desear ejercer su autoridad sobre ella. Sólo se contuvo por el ambiente de trabajo
que había creado en el estudio, lo cual le ponía contra
la espada y la pared. Al mirarla a los ojos grises, se
dio cuenta de que ella sabía muy bien en qué posición lo había colocado, pero eso no quería decir que
él fuera a ponerle las cosas fáciles.

–¿No cree que debería al menos presentarse, señorita…? –no pudo contener la oleada de satisfacción al
verla parpadear por primera vez. El hecho de que él
hubiera fingido no conocerla o no recordar la noche
que habían compartido había herido su orgullo de un
modo difícil de ocultar.

–Soy la prima de Cordelia, y su nueva manager
–le dijo; se había recuperado y le habló con frialdad–. La señorita Mulhoon me designó para el cargo
poco antes de su llegada.

Se detuvo al notar la presencia de Cordelia. Él se
giró hacia su actriz protagonista buscando su aproba-

ción y quedó sorprendido al ver el gesto tenso en el rostro habitualmente sonriente de Cordelia Mulhoon.

Había algo que se le escapaba en todo aquello, pero ya se enteraría. Cordelia asintió confirmando que lo que decía la recién llegada era cierto.

Lo más curioso fue que cuando él hizo un gestó de aprobación con la cabeza, Cordelia bajó la mirada.

# Capítulo 3

**B**IEN, nueva manager de la señorita Mulhoon… –Santino volvió su atención a Kate–. Será mejor que hablemos en privado donde no nos interrumpan.

–Éste es buen sitio –ella se quedó donde estaba sin dejar de mirarlo a los ojos.

–¿Acaso los ensayos no están ya programados? El equipo debe seguir esa rutina

–¿Estás diciendo que ensayen sin director? –le preguntó ella con tono agradable, pero frío–. El nuevo director podría después cambiar algo en su actuación, y eso les confundiría. Yo sugiero que trabajen sólo memorizando su diálogo por el momento.

De algún modo, él logró controlarse.

–Y yo que se tomen la tarde libre –se alejó unos pasos de ella y llamó en voz más alta–. Chicos, escuchadme un segundo. Creo que a todos os alegrará saber que he contratado a una nueva directora. Diane Fox llegará mañana –tuvo que callar ante los murmullos que se levantaron en el estudio. Todo el mundo conocía a la premiada directora a la que él había escogido para sustituir al director actual, en aquel momento durmiendo tras su última borrachera–. Tomaros el resto del día libre y nos veremos mañana a las cinco de la mañana…

Miró a Kate y dijo:

−¿Te parece bien?

Su mirada podía estar algo cargada de ironía, pero la de ella era evasiva, pensó Santino. ¿Y por qué no llevaba maquillaje? ¿Y cuál era el motivo de que llevara recogido su precioso pelo en una coleta? La última vez que la había visto, ese pelo sedoso caía libre sobre sus manos.

La deseaba. Lo sentía correr por sus venas. La vez que había estado con ella había sido fantástico, y volver a sentirla entregarse a él sería una sensación indescriptible. Y empezaba a pensar que tal vez ella pudiera serle útil...

La industria del cine no respondía a las habituales reglas de la lógica, lo cual lo frustraba. Estaba enamorado del cine desde pequeño, cuando las imágenes de la gran pantalla eran la única magia de su vida, pero lo que más le gustaba era ver el producto acabado. No tenía paciencia para los mecanismos de realización de una película, y mucho menos para la gente que intervenía en el proceso. Aquella mujer había demostrado que podía manejar todo aquello. Y además, lo intrigaba. Por eso quería tenerla cerca. Y quería saber más de qué había sido de ella en aquellos cinco años. Una cena de trabajo le daría la oportunidad de responder a algunas de las preguntas que tenía en la mente y además podría proponerle que trabajara para él en sus estudios de Roma.

Si Santino quería darle a actores y técnicos el resto del día libre, aquello era asunto suyo. Kate se negó a dejarse deslumbrar por el brillo retador de sus ojos; como le había dicho a Caddy, ella no tenía la última palabra en el estudio, y por razones obvias, se sintió aliviada al poder colocarse en un segundo plano una vez Caddy estuvo más tranquila.

Cuando Santino le preguntó su nombre, Kate pensó si pretendía humillarla. Estaba claro que la noche que habían pasado juntos no había significado nada para él.

–¿Tienes nombre? –inquirió Santino, interrumpiendo los pensamientos de Kate. Sus labios se curvaron en una breve sonrisa, pero su mirada conservó su dureza.

Kate no podía creer que le estuviera repitiendo la misma pregunta. ¿Podría recordar su nombre si le tirara la acreditación de visitante a la cara? ¿Le había dicho cómo se llamaba hacía cinco años?

El rostro le ardía. Entonces no hubo tiempo para presentaciones y Kate no supo el nombre de Santino Rossi hasta que vio su foto en el periódico, y para entonces él ya había vuelto a Roma, después de decidir no rodar en Westbury.

Caddy corrió junto a ella, al rescate, pensó Kate.

–¿Te importa que me lleve a Kate? –dijo su prima, mirando candorosamente a Santino.

–Kate –repitió él suavemente, sonriendo divertido–. ¿Kate la bravía o Kate la domada?

La referencia a Shakespeare hizo que las mejillas de Kate se incendiaran. Así pues, la recordaba. Santino recordaba cada momento de aquella noche y la atormentaba con ello.

–Kate Mulhoon –dijo ella con aspereza, extendiendo la mano a modo de saludo formal.

Santino ignoró el gesto y de sus ojos desapareció toda sonrisa.

–Discutiremos la situación de tu cliente esta noche durante la cena, «señorita» Mulhoon.

–¿Cena? –Kate se quedó sin aliento. Un encuentro a solas por la noche era lo último que le apetecía.

–Tenemos poco tiempo; tienes que cenar y yo también, así que, puesto que imagino deseas proteger los intereses de tu cliente, lo discutiremos en ese momento, que es el único del que dispongo.

No tenía escapatoria, pensó Kate, y como representante de Caddy, tampoco podía permitirse aparentar inseguridad.

–Creo que debo discutir unas cosas con mi cliente primero

–A las ocho en punto. Te recogeré en tu hotel.

Santino se había colocado en su posición de poder, pensó Kate al sentir un escalofrío. Pero era demasiado tarde para discutir con él, puesto que ya se había girado en dirección contraria.

Tomándola del brazo, Caddy se llevó a Kate donde los demás no pudieran oírlas.

–Cuando te vi llegar, tuve unas ganas tremendas de correr a abrazarte, pero pensé que sería mejor dejarte imponer un poco de autoridad primero. Pero, ya estás aquí… –Caddy abrazó a su prima.

–No me importa lo que piensen los demás –dijo Kate con fervor, incapaz de seguir con la mirada los pasos de Santino.

–Pues debería importarte –protestó Caddy, preocupada–. Hay gente en este mundo que no se detendría ante nada para conseguir lo que desean.

–Caddy, ¿ha ocurrido algo? –Kate apartó a su prima y la miró a la cara–. ¿Se han portado mal contigo? ¿Santino…?

–No, claro que no… –Caddy echó una ojeada a su alrededor para asegurarse de que nadie podía oírlas–.

Sólo espero que se dé cuenta de que yo no estoy metida en drogas…

–¿Drogas? –Kate hizo un gesto de incredulidad–. No creo que piense eso. Caddy, no tienes nada de qué preocuparte. Si hay drogas en el estudio, Santino se enterará de ello y por sentido común sabrá que no tienes nada que ver con ello. ¿Qué ganarías con ello? Nada –respondió Kate a su propia pregunta–. Eres la mejor para el papel y Santino lo sabe, o no te habría contratado.

–Pero sí contrató a ese impresentable director… –Caddy miró con hostilidad las caravanas aparcadas en el exterior del estudio.

–Todo el mundo sabe que él era la segunda opción de Santino. Tiempo atrás trabajó con eficacia, y Santino quería acabar el rodaje a tiempo…

–¿Acaso estás defendiendo a Santino? –Caddy intentó sin éxito ocultar la sonrisa.

–Lo único que digo es que todo el mundo se equivoca –Kate se calló y se alegró de que Caddy le apretara la mano en un gesto de apoyo. Pero había viajado hasta Roma para ocuparse de ella, se dijo, y no al revés–. Diane Fox tiene fama de ser la mejor –comentó, para tranquilizar a Caddy y también para llevar la conversación a un terreno más cómodo para ella–. Te irá bien con ella.

–¿Y tú, Kate? –la voz de Caddy sonaba seria–. Si hubiera sabido que Santino se presentaría aquí…

–Yo estaré bien –la interrumpió ella–. El único motivo por el que voy a ver a Santino esta noche es para hablar de trabajo. Quiero que todo el mundo sepa que tienes todo su apoyo, y así podrás concentrarte en dar lo mejor de ti misma. Caddy, lo vas a hacer fenomenal.

–¿Lo dices en serio?

Caddy enseguida olvidó sus preocupaciones.

–Desde luego –repuso Kate–. Dada la escasez de tiempo, una cena de trabajo es la mejor opción. Hablaré por ti a Santino y le expondré tus dudas y preocupaciones, y…

–Suena todo tan fácil –interrumpió Caddy–. Pero no lo es, Kate. No puede serlo si se trata de ti y de Santino.

–Pero no se trata de nosotros, sino de ti, Caddy. Pareces olvidar que la agencia para la que trabajo te cobra un montón de dinero, y mi cometido es responsabilizarme de tu bienestar laboral.

–Pero, ¿y tú, Kate? ¿Quién cuidará de ti? ¿Cuáles son tus sentimientos con todo esto?

–¿Sentimientos? ¿Estás hablando de mis sentimientos por Santino? –Kate trató lo mejor que pudo de parecer incrédula–. No siento nada por él, y él me ha dejado claro lo mismo.

–Ten cuidado, Kate. Estás asumiendo cosas muy complicadas –los ojos de Caddy estaban nublados de preocupación–. Y es un gran error, en lo que a Santino se refiere.

Sus sospechas sobre la ética en el mundo del cine acababan de ser confirmadas una vez más. Estaba claro que no podía dejar los estudios ni un minuto sin que surgiera un nuevo escándalo, esta vez de drogas e intimidación. ¿Qué sería lo próximo? No podía permitirse una próxima vez. Lo que necesitaba era una mano dura al mando durante su ausencia. Una mano no muy diferente de la de Kate Mulhoon.

Santino sonrió de un modo extraño al pensarlo. En

el pasado, las manos de Kate lo sorprendieron por su dulzura e ingenuidad, así que si empezaba a trabajar para él, sería interesante ver cuánto duraba su aspecto de «princesa de hielo».

Mientras, tenía muchas otras cosas en mente. Tenía que esperar la llegada de la policía para que arrestara al director. En una charla privada con Cordelia había descubierto que el problema iba mucho más allá de las drogas de las que su amigo Carlo le había hablado, y la humillación de uno de sus actores era algo que no pensaba tolerar.

Cuando Cordelia le contó lo que había ocurrido, no tardó ni un instante en llamar a la policía. Su actriz protagonista había sido sometida a una serie de intimidaciones que empezaban por llamadas telefónicas silenciosas, coronas funerarias en vez de los ramos de flores que ella encargaba, estiércol a la puerta de su caravana y el toque final de una humillación de tipo sexual al hacerle presenciar una escenita entre el director y su novia de rodillas detrás del despacho. Todo aquello debía estar dirigido a desestabilizar la firmeza de Cordelia para que la novia de su director pudiera tomar su papel. A Cordelia le había costado una barbaridad hablar de todo ello, y Santino se ponía enfermo de pensar en aquella situación.

Santino volvió sus pensamientos hacia Kate. Con la policía a punto de llegar y Cordelia más tranquila, Kate podía cambiar de idea en cuanto a la cena, o incluso marcharse de Roma. Su dedicación al trabajo era lo único a lo que él podía agarrarse para atraerla hacia sí, pero Kate no quedaría satisfecha hasta que el director hubiera sido despedido por su incompetencia y su consumo de drogas, y que se le hubiera denunciado por su trato a Cordelia. No le sorprendería que quisiera quedarse hasta la llegada de la nueva directora, pero no tenía garantía de ello...

Reclinándose en su silla, Santino sonrió. En efecto, Kate no se marcharía hasta ver a Cordelia feliz con los cambios. Apenas la conocía, pero después de haberla visto actuar, tenía una cosa clara: no era de las que abandonan las cosas a medias.

Nada más llegar al hotel Russie, las chicas subieron a la suite de Caddy, que había insistido en que Kate compartiera con ella. Por el camino, Caddy no dejaba de suplicarle a Kate que suspendiera su reunión con Santino.

–No lo haré –repuso Kate con firmeza–. No te dejaré en una mala posición con él dejándole pensar que tienes unos consejeros ineptos.

–¿A pesar de lo mucho que eso puede costarte, Kate?

–No me pasará nada. Escucha, Caddy –le dijo, tomando a su prima por el brazo–, ésta es tu gran oportunidad y no podría perdonármelo si no hago todo lo que está en mi mano para que las cosas salgan bien.

Caddy sacudió la cabeza y se apartó.

–No hagas esto, Kate. Haces como si todo fuera bien, pero sé lo mal que lo estás pasando. La tensión se te nota en la cara –y giró a Kate para ponerla frente a un espejo.

–Ésa es la cara que se me pone cuando estoy haciendo planes –Kate echó a reír, pero sin resultar convincente.

–¿Siempre estás así de tensa cuando tienes una cena con un cliente? –Caddy se encogió de hombros para mostrar que no la creía–. Deberías inspirar confianza en ti misma.

Esta vez Kate no intentó sonreír.

–No estoy tensa. Lo que pasa es que no estoy segura de cómo van a ir las cosas con Santino.

–Ya somos dos –murmuró Caddy, nerviosa.

# Capítulo 4

**P**OR MÁS veces que Kate se dijera a sí misma que era sólo una cena de trabajo, no podía librarse del mariposeo que sentía en el estómago. Sentía demasiada presión: no quería decepcionar a Caddy, no quería fallarle a la agencia, ni a sí misma, ni tirar la toalla. Al final la preocupación de si sería lo suficientemente fuerte para defender los intereses de Caddy frente a Santino, sentada frente a él sin confesarle que tenían una hija en común, acabó por hacer que se sintiera mareada. El resultado final de todo aquello fue que la tensión acumulada en su interior creció, al igual que la palidez de su rostro, y por más que Caddy se esforzaba, ella era incapaz de mantener una conversación.

—De verdad, Caddy, esta ropa está bien —protestó Kate ante la sucesión de posibles conjuntos para llevar aquella noche que le estaba proponiendo su prima. La ropa era lo último en lo que pensaba Kate.

Era todo un lujo poder compartir la fantástica suite de Caddy en el hotel Russie, pero en aquel momento, Kate hubiera preferido estar sola y no tener a Caddy temblorosa intentando ayudarla a maquillarse.

—¿Qué te parece éste? —Caddy le mostró otro fantástico conjunto de diseño.

Lo último que Kate quería era que Caddy pensara que para ella la cena con Santino era algo importante, así que inspeccionó los vaqueros de lujo y la blusa de seda más de cerca. Aquellos brillantes colores eran bonitos, pero no para ella. Llamarían demasiado la atención.

–Tal vez sea demasiado informal –sugirió Kate, pero al ver la expresión desilusionada de Caddy, añadió–. No sé dónde piensa ir Santino a cenar.

–Seguro que a un sitio fantástico, y tienes un montón de ropa para elegir.

–Caddy, eres la mejor –dijo Kate, tomándole una mano–. Te sorprenderá que acabo de darme cuenta de que tenemos la misma talla.

Caddy sonrió ligeramente y empezó a recoger toda la ropa que Kate había rechazado con apenas una mirada. Nada en Kate podría sorprenderla.

Pero Kate estaba pensando que nunca antes se había planteado el tema de su figura. Mientras la ropa que tenía en el armario le valiera, no veía motivos para cambiarla. Frente al espejo, se alisó la blusa y fue a buscar su chaqueta.

–No puedes ir a cenar con la misma ropa con la que has viajado –apuntó Caddy en un último intento de hacer que Kate cambiara de idea.

–¿Por qué no? Me he duchado, me he cambiado de ropa interior y de blusa.

–Y ahora es demasiado tarde –protestó Caddy, haciendo una mueca al oír el timbre–. De verdad, Kate, eres imposible.

Kate sintió que se le aceleraba el corazón hasta dejarla casi sin habla.

–¿Pero me quieres de todos modos?

La pregunta hizo reír a Caddy, pero lo cierto era que Kate necesitaba que su prima la tranquilizase.

–Sabes que sí –Caddy la abrazó y fue hacia la

puerta, pero antes de dejar entrar a Santino, miró a Kate–. Aún puedes cambiar de idea…

–Pero tú ya sabes que no lo haré. Venga, ¿a qué esperas? –con tono alegre para tranquilizar a Caddy, Kate sonrió. Sólo deseaba que la sonrisa le durase hasta acabar la cena.

Cuando Santino entró en la suite, Kate sintió que su cálida sonrisa se desvanecía. Su presencia llenó la sala y para Kate fue imposible no fijarse en él. Llevaba unos impecables pantalones negros, zapatos caros, una chaqueta de ante color chocolate y una camisa de algodón beige. Aun vestido con ropa informal, Santino tenía un aire de autoridad, y Kate podía sentir su energía llegando hasta ella. El olor de su colonia, masculina y especiada, flotaba en el aire.

Kate miró a Santino mientras éste saludaba a la bella estrella de su película con un beso en cada mejilla, pero manteniendo una amplia separación entre sus cuerpos. Estaba claro que no se aprovechaba de su situación y, a pesar de todo, eso le resultó tranquilizador a Kate. Caddy era tan guapa que la mayoría de los hombres quedaban impresionados al verla y a veces actuaban de manera poco apropiada. No fue el caso de Santino, que supo comportarse con total corrección, aunque con la suficiente calidez como para transmitir confianza a Caddy. Pero esa confianza desapareció cuando miró a Kate.

–Ya conoces a Kate Mulhoon –dijo Caddy, intentando disimular la tensión del momento–. Aunque ahora debería presentarla como mi nueva manager, por el momento –parecía incómoda.

–Claro –confirmó él, volviendo a sonreír–. Kate y yo ya nos conocemos.

Pero Kate se dio cuenta de que no se refería a su

breve encuentro en el estudio, y sintió que se echaba a temblar.

–Lo siento –añadió Santino, mirando a Kate de arriba abajo–. Creo que he llegado demasiado pronto. Volveré cuando estés lista.

–Ya lo estoy –le dijo Kate muy seria.

La mirada de Santino indicó que había esperado un poco más de interés por parte de ella, puesto que la iba a invitar a cenar, pero Kate no era la novia de Santino, sino la representante de Caddy, se dijo Kate, y lo miró con firmeza.

–Será mejor que nos vayamos –declaró él, nada contento–. Tenemos una mesa reservada. Si nos disculpas, Cordelia…

–Claro… –Caddy miró a su prima con ansiedad.

Kate le devolvió la mirada a modo de advertencia al tiempo que caminaba hacia la puerta. No quería que su prima saliera en su defensa; quería manejar aquel asunto a su manera. Pero Caddy estaba mirando a Santino, como si estuviera en un sueño; Caddy siempre había sido una soñadora y había creído en los cuentos de hadas, pero aunque Kate tenía que admitir la imponente presencia de Santino, sabía que no podía haber final feliz si él estaba por medio.

Él no había dejado de notar que Kate tenía la misma talla que su prima Cordelia, y por tanto debía tener a su disposición todo su armario. De hecho casi cualquier mujer habría aprovechado la oportunidad para llamar también a su peluquero y maquillador… la mayoría habría estado encantada con aquella «cena de trabajo», pero no Kate.

Se lo tomó como un insulto, pero si ella quería jugar de aquel modo, bien.

Santino se colocó lo más alejado que pudo de ella en la limusina. Se dirigían a uno de los mejores restaurantes de Roma, pero él estaba acompañado por una mujer que parecía haber comprado su ropa en una tienda de segunda mano. Aquello le hacía estar aún más decidido a romper la apariencia que Kate había adoptado. La actuación había ido demasiado lejos... ¿A quién pensaba que engañaba?

Luigi los saludó a la puerta con una reverencia que sólo sirvió para aumentar su enfado.

—Basta de ceremonias, Luigi, por favor.

Pero sus palabras cayeron en oídos sordos, como tantas otras veces. Iba a aquel restaurante, el mejor de Roma, en ocasiones muy especiales, y sabía que tenía que apretar los dientes y aguantarse.

Los acompañaron a la mejor mesa del comedor, y la elegancia natural de Kate compensó su vestimenta poco acorde. Los clientes del restaurante eran lo mejor de la sociedad romana, y Santino saludó a muchos de ellos de camino a su mesa. De algún modo, le agradó el orgulloso gesto de Kate al someterse al escrutinio de los romanos, pero tampoco se dejó llevar por su juego. Podía actuar como un bloque de hielo, pero él no se creería que lo fuera.

Cuando se sentaron, les pusieron delante una carta gigante con tapas de cuero.

—¿Prefieres un tipo de vino en especial? —le preguntó cuando se acercó el sumiller.

Al ver que se quedaba callada, levantó la vista hacia ella y vio que miraba la carta con ansiedad. Parecía a punto de saltar de su asiento. La luz de las velas no era nada compasiva y acentuaba sus ojeras. Tenía un aspecto de estar más que preocupada, y Santino pensó que tal vez explotase antes de lo que él pensaba.

–¿Cómo? –preguntó ella, volviendo su atención hacia él.

Tenía unos ojos preciosos y Santino sintió que le tocaba una fibra sensible cuando lo miraba de ese modo. Decidió dejar ese pensamiento para más tarde y se concentró en la carta de vinos.

–¿Blanco o tinto?

–Santino...

–¿Sí? –él pareció sorprendido por su discreto pero casi íntimo tono de voz–. ¿Qué ocurre? –se inclinó sobre la mesa para anticiparse a su rendición mientras esperaba su respuesta. Imaginó que le sugeriría que pidieran servicio de habitaciones, igual que cinco años antes, así que dijo al sumiller y al camarero que necesitaban más tiempo para tomar una decisión.

–No me gusta este sitio –le dijo ella.

–¿Cómo? –Santino frunció el ceño.

–Me siento incómoda. Vamos a otro sitio.

Tuvo que reconocer que Kate le había ganado la partida. La había llevado al mejor restaurante de Roma, al más glamuroso, donde normalmente había que reservar con seis meses de antelación... ¿Qué le pasaba? Sintió deseos de decirle el aspecto incómodo que tenía con aquel terrible traje.

–¿Qué quieres que haga al respecto?

–Que me lleves a otro sitio –le dijo, mirándolo a los ojos.

–¿Como, por ejemplo? –era su última oportunidad de redimirse...

–A un sitio tradicional, típico...

–Éste es un sitio típico –dijo él con sarcasmo. Estaban en la mejor zona de Roma.

–Ya sabes a qué me refiero –insistió ella–. Uno de esos sitios donde… no sé… donde la *mamma* cocina y el *pappa* sirve la comida…

–Oh, qué bonito –apenas pudo contener un resoplido.

–No tienes por qué ser sarcástico –Kate soltó una risita nerviosa para acompañar sus palabras–. Pensé que esto era una cena de trabajo, no una…

Ella cerró la boca y al mismo tiempo, él levantó una ceja, como retándole a pronunciar la palabra «cita», pero Kate no dijo nada más. Simplemente bajó la mirada y se pasó la lengua por el labio inferior. Santino se preguntó si sabría lo provocativo que resultaba aquel gesto. Probablemente, no. Se la veía tan soñadora como a su prima, aunque Kate reprimía su deseo bajo incontables capas de ropa. ¿Pero por qué dar tantas vueltas si lo deseaba? Tenía que olvidarse de los labios hinchados; los pezones excitados y el rostro sonrojado le decían todo lo que necesitaba saber. Él también la deseaba. Eran dos adultos sanos, con sanos apetitos sexuales, así que, ¿qué se interponía entre ellos?

–Sé que esto te parecerá ridículo…

Sensato, él se quedó callado.

–Pero lo que ahora me apetece es comida casera y sencilla.

Eso lo podía entender.

–Además, para ser sincera –continuó ella–. No me parece muy sensato discutir los asuntos privados de Caddy entre camareros y tanta gente. Uno nunca sabe quién está escuchando, y estos sitios siempre están llenos de paparazzi al acecho. Creo que un sitio más informal sería más seguro.

Eso tenía sentido.

–Al venir aquí, esperaba probar la comida italiana de verdad –continuó–, y este menú... no es que no te lo agradezca, pero está todo en francés...

–Ya sé a qué te refieres... –para seguirle la corriente, observó la carta como si no la hubiera mirado nunca antes.

–¿Qué opinas? –insistió ella.

–Creo que conozco un sitio mejor.

Santino le dio indicaciones al chófer para llegar a un lugar al que ella no habría podido volver sola. Estaba al final de un estrecho callejón, y era el tipo de restaurante de los que la tía Meredith hablaba cuando Caddy y ella le pedían que les contara historias de sus aventuras como mochilera por el mundo.

Santino empujó una estrecha puerta sin ningún cartel a la vista y dejó pasar a Kate. Lo primero que ésta notó fue el jaleo y el olor de una deliciosa comida. El local estaba lleno de gente sentada a unas mesas cubiertas con manteles de cuadros rojos y blancos. La iluminación corría a cargo únicamente de velas colocadas sobre unas botellas cubiertas de cera multicolor, y a Kate se le dibujó una sonrisa en la cara. Desde la cocina se oían las instrucciones de la *mamma* al *papa,* armado con un paño de cocina sobre el brazo y cargado de platos sucios.

–Me encanta –exclamó Kate de forma impulsiva–. ¿Podrán encontrar sitio para nosotros?

La respuesta no se hizo esperar. El regordete camarero vio a Santino y se limpió las manos en el delantal para ir a saludarlo.

–¡Santino! –el hombre lo besó con ímpetu en las

dos mejillas–. *Li vedo portare un ospite!* –añadió, mirando a Kate.

–Dice que ve que traigo un visitante –tradujo Santino con cierta frialdad–. Tenemos una reunión de trabajo –le dijo al hombre en inglés, haciendo que el hombre mirara con atención a Kate.

–Claro… *Capisco.* Entiendo –rió, e inmediatamente adoptó una expresión seria–. Espero que tengáis hambre…

–Desde luego –le aseguró Kate con una sonrisa.

–*Bene, bene* –se frotó las manos y miró hacia el fondo del restaurante, hacia un grupo que acababa de dejar una mesa libre–. En dos minutos os tendré la mesa lista –le prometió a Santino con los brazos abiertos.

–¿Te parece bien? –le preguntó Santino a Kate, como desafiándole a decir que no.

–Es perfecto –le aseguró ella–. Y, una vez más, siento haberte dado tantos quebraderos de cabeza.

–Por favor…

Sus modales la emocionaban y asustaban al mismo tiempo. Su tono de voz era encantador, pero sus ojos anunciaban peligro… había demasiada ironía en ellos.

–Tendrás que quitarte esa chaqueta o derretirte –observó Santino–. Tú eliges.

Después de dudar un segundo, Kate se quitó la chaqueta y, puesto que Santino tenía razón acerca de el calor, se desabrochó un par de botones de la camisa.

Pronto estuvieron sentados en una esquina con una cesta de pan crujiente y un plato de aceitunas ante ellos. Santino se remangó y la vista de esos brazos, musculosos y morenos, hizo que Kate se distrajera peligrosamente por un momento. Tenía que entrar en materia con lo de Caddy lo antes posible.

–Todo eso me parece muy razonable –dijo Santino después de haber discutido cada detalle y haber acordado las medidas a tener en cuenta para evitar más incomodidades a Caddy.

Cuando a Kate se le acabaron las ideas que exponerle a Santino sobre Caddy, supo que corría el peligro de entablar una conversación sin más, y quién sabía a qué podía llevarles algo así.

–Podemos ir a otro sitio –sugirió él después de unos segundos de incómodo silencio.

¿Qué tendría en mente? Tenía un aspecto inocente, pero Kate se dio cuenta de que había preguntas en los ojos de Santino que ella no quería contestar.

El corazón le dio un brinco en el pecho al valorar sus posibilidades. Tenía que haber tenido en cuenta que estaría muy cerca de él en el diminuto restaurante. Tenía que haberse dado cuenta de que tenían que hablarse casi al oído para entenderse por encima del ruido del local.

–Me gusta este sitio –respondió ella rápidamente–. Ha sido una idea estupenda venir. La comida es deliciosa.

Santino aceptó sus palabras con una sonrisa irónica.

# Capítulo 5

TOMARON una copa de coñac añejo con el café. La conversación era cada vez más fluida y Santino la había mantenido dentro de los límites de lo profesional, lo cual alivió a Kate. Se sentía relajada con él, toda una novedad, pero entonces sonó su teléfono.

Cuando Kate vio el número, se quedó blanca.

–¿Te importa que responda fuera? –le dijo, pero ya estaba de pie.

–No… –Santino la miró con los ojos entrecerrados salir del local.

–¿Meredith? –respondió Kate ansiosa ya en el exterior–. ¿Va todo bien?

Su tía la tranquilizó rápidamente diciéndole que era una llamada rutinaria, pero parecía preocupada por ella.

–¡Yo estoy bien! –pero inmediatamente Kate se arrepintió de la vehemencia de su frase. Imaginaba que Caddy le habría dicho algo a su madre y Kate sabía que no era fácil engañar a Meredith; la conocía mejor que su propia madre–. Todo va bien –pero para cuando acabó la llamada, Kate era consciente de que no había conseguido tranquilizarla del todo.

–Lo siento –se disculpó Kate de vuelta a la mesa. Entonces vio que tenía otra taza de café intacta frente a ella, como si Santino deseara prolongar aquella velada.

—No es problema… Y espero que para ti tampoco… —dijo, examinando su rostro.

—No —rió ella, pero por dentro sentía el peso de la culpa de sus secretos. Su hija era sólo uno de ellos, y ahora estaba sentada con su padre. A Kate le resultaba sorprendente y a la vez le asustaba que Santino no supiera de la existencia de la niña.

Pero no podría saber nada de ella hasta que Kate supiera más de él.

—Parecías preocupada cuando has visto el número desde el que te llamaban… —apuntó él.

Kate se dio cuenta de que no iba a dejar el tema.

—Era mi tía Meredith, la madre de Caddy, para saber si todo iba bien. Puedes imaginarte que está preocupada por ella…

Se dio cuenta de que Santino no se había creído la excusa, pero no iba a darle más pistas.

—¿Entonces? —para evitar mirarlo, empezó a recoger sus cosas, esperando que Santino captara la indirecta y propusiera retirarse.

—Entonces… —la imitó, mirándola por encima de su taza de café, como si tuvieran todo el tiempo del mundo por delante—. ¿Por qué no me hablas de ti, Kate?

El corazón de Kate se detuvo en seco.

—¿Por ejemplo?

Por ejemplo, podía contarle cómo jugar a ser un erizo y hacerse una bola de púas para defenderse, pensó Santino.

—¿Cómo empezaste a interesarte por la industria del cine? —estaba dispuesto a ir paso a paso si era lo que tenía que hacer. Sabía que ella se preocupaba por los intereses de Caddy y que tenía una relación muy estrecha con ella. Era el momento de hacerle la propuesta que tenía en mente.

—Lo cierto es que trabajar en esto no fue idea mía, sino de mi tía Meredith.

—¿Meredith? ¿Y qué pensaron tus padres de ello?

Santino la vio reflexionar, como si estuviera buscando las palabras más apropiadas para expresarse. Estaba tomando una decisión entre confiar en él unos pocos detalles de su vida o si eso le distraería de otros asuntos más importantes.

—No vivía con ellos.

—Entiendo —no lo entendía, pero no quería desviarla del tema.

Se lo puso fácil cuando siguió hablando.

—Cuando acabé mis estudios no sabía muy bien qué hacer, y Meredith tenía algunos contactos en este mundo. Me presentó a algunas personas y, aunque al principio esto no me interesaba mucho, decidí aceptar el puesto y me acostumbré.

—¿Al final acabó gustándote?

—Sí —ella lo miró como si no se hubiera imaginado que él podía estar interesado en esa parte de su vida, pero la táctica de Santino consistía en saber qué le gustaba a la gente y dárselo.

—Por lo que he visto hoy, sabes cómo tratar a la gente —Santino sabía que el cumplido aumentaría su confianza y le acercaría un paso más a su objetivo.

—Gracias.

Sus ojos se suavizaron a un tono de gris más claro, y Santino se dio cuenta de que sus palabras habían surtido el efecto deseado.

Ambos trataban de adivinar qué quería el uno del otro, pero algo se había instalado en la mirada de

Kate. Era una especia de tristeza o algo más... Si
Santino no hubiera tenido las cosas tan claras, habría
pensado que le había hecho daño de algún modo,
pero él nunca había dejado un corazón roto tras de sí.
Sólo tenía relaciones adultas con mujeres con ideas
propias, como Kate.

Para tranquilizarse, recordó la noche en que ella le
clavaba las uñas mientras le pedía que no parara...
Para un hombre era difícil olvidar algo así; para Santino era imposible olvidar a una mujer como Kate, y
no podía plantearse dejarla escapar por segunda vez.

—Me gustaría hacerte una oferta...

Ella lo miró con atención y él supo que el trato estaba hecho.

—Me gustaría que te quedaras en Roma y trabaja-
ras para mí.

—¿Trabajar para ti? —parecía incrédula.

—¿Qué tiene de malo? —Santino empezaba a impa-
cientarse. Nadie nunca había rechazado un puesto en
su empresa.

—No puedo, eso es todo...

—¿No puedes? ¿O no quieres?

—Lo siento, Santino. No puedo... ¿No podrías
buscar a otra persona?

—Te quiero a ti —tenía la mandíbula apretada.

—Tú...

En el momento en que una luz de esperanza se encendió en sus ojos, Kate bajó la voz al reconocer su
error. Sabía que Santino Rossi no la querría del modo
en que ella lo deseaba a él.

Santino sintió una oleada de satisfacción al inter-
pretar los gestos de su rostro. Kate era buena actriz,
pero no lo suficiente. Podía actuar como una moji-
gata, pero sus ojos ardían aun a su pesar.

–Te estoy ofreciendo un puesto de trabajo, Kate...

Ella parpadeó ante la decepción, pero se recuperó con rapidez.

–Ya tengo trabajo... dos trabajos, de hecho. Represento a Caddy en la agencia, y por ahora soy su manager. Está claro que hay un conflicto de intereses y no seré...

–¿Su manager mucho tiempo? ¿No te quedarás en la agencia? Bueno, no tendrás que hacerlo, porque te estoy ofreciendo un puesto de trabajo.

–Mira, todo esto es muy repentino...

Y lo último que quería era discutir con él y darle una negativa definitiva, pensó él, así que la dejó escabullirse por el momento.

–No sé qué decir –le dijo ella, aclarándose la garganta.

–No tienes que decirme nada en este momento. Piénsalo. Tienes hasta mañana por la mañana para decidirte –le gustaban los plazos. La espera lo mataba.

–¿Por qué yo, Santino? –ella lo miraba con curiosidad.

Porque la oportunidad estaba ahí y él no era de los que dejaban escapar las oportunidades.

–Porque después de este desastre en el estudio, me he dado cuenta de que necesito a alguien que trabaje bien con el equipo, lo cual tú has demostrado que puedes hacer, y que me sirva de enlace con lo que pasa en el rodaje. Sería una mejora considerable con respecto a tu trabajo en Londres. Tendrías tu propio departamento y estarías directamente por debajo de mí.

–Todo esto va muy rápido...

–¿De verdad? –giró la cabeza para mirarla–. No te

creía una de esas personas que se toman las cosas con calma.

No hubo respuesta.

–Mi empresa necesita a alguien como tú –le sonrió–. Piensa en ello…

–No te rindes, ¿verdad? –le susurró ella.

–El salario no sería un problema.

–No… lo siento… no puedo quedarme en Roma.

Su voz sonaba decidida, como se hubiera dado cuenta de algo de repente y hubiera muerto la posibilidad de la fantasía que él le proponía. Santino estaba decepcionado, por supuesto, pero la derrota no tenía cabida en su diccionario personal, y no estaba dispuesto a retirarse.

–Tengo que estar de vuelta al Reino Unido este fin de semana como muy tarde –siguió ella, pronunciando en voz alta sus pensamientos.

–De acuerdo –él se encogió de hombros, como si no le importara lo que ella tuviera que hacer. Era una mujer inteligente y él acababa de darle la oportunidad de su vida. Tenía que haber otra persona. ¿Otra persona? ¿Eran celos lo que sentía? En ese caso, sería la primera vez–. Está claro, si tienes motivos personales…

–Nada de eso. Al menos…

–Sigue –no pudo contener cierta amargura en su voz.

Ella se calló. Se encogió y bajó la mirada, y él se relajó. Un buen negociador tenía que saber cuándo quitar el pie del acelerador.

–Bien, si sólo puedes quedarte hasta el fin de semana, para cuando ya habrá llegado la nueva directora, te lo agradezco. Y, por supuesto, te pagaré por tu tiempo.

Nada.

Santino lo intentó de nuevo.

—Estoy seguro de que Cordelia sabrá apreciar la seguridad que le aportarás en el momento del cambio de director.

Blanco.

—No tienes que pagarme nada —le aseguró ella, con frialdad—. Me quedaré hasta el fin de semana si eso ayuda a que Cordelia se sienta mejor. Mi prima es una actriz excepcional y no sabes la suerte que tienes.

Tampoco lo sabía la prima de Cordelia, pensó Santino, bajando la mirada para ocultar su triunfo.

# Capítulo 6

**P**ARA cuando Santino acabó de firmar la factura, Kate ya se estaba arrepintiendo de su decisión de quedarse en Roma. Darle ánimos a Caddy era una cosa, pero podía haberse quedado junto a ella sin acceder a trabajar para Santino, y el hecho de no tener a nadie por encima de ella más que él era una locura. ¿En qué había estado pensando?

–¿Estás lista?

Santino estaba de pie, esperando a que se levantara para retirar su silla, y Kate se dio cuenta de que no podría pensar con claridad mientras él estuviera cerca. Tomó su chaqueta y se la puso antes de que él pudiera hacerlo, y se la abrochó, sin olvidar los botones de la blusa. Tenía que mantener la distancia. Tenía dos opciones, eso o romper muchos silencios y enfrentarse a toda una vida de sentimiento de culpa.

Santino la observó abotonarse la chaqueta y sintió crecer sus sospechas. Tenía que tener a alguien esperándola. Su forma de actuar estaba demasiado condicionada, y una mujer no pasaba de seductora a célibe en cinco años por las buenas. Kate tenía todas las papeletas para ser otra chica más, y eso debería ponerlo en guardia, pero por algún extraño motivo, la deseaba. Quería que Kate fuera diferente de las demás.

Pero sólo con examinar los hechos tenía que convencerse de lo contrario. Cinco años antes, él se había limitado a tomar lo que le ofrecieron, sin súplicas por ninguna de las dos partes. No hubo tiempo para nada más que para el deseo. Ella respondió entregándose por completo, pero después él se sintió más vacío que nunca. Se dio cuenta de que nunca podría tener lo que deseaba.

–*Arrivederci*, Santino.

– *Arrivederci*, Federico.

La despedida del camarero lo ayudó a apartar aquellos pensamientos de su mente. No era el momento para pensar en el pasado.

–Adiós, Federico.

Kate se giró y se despidió con la mano. Parecía inofensiva… ¿o era parte de un papel? ¿Era ella como las demás, ávida de agarrar todo lo que estuviera a su alcance? ¿Actuaba para que todo el mundo la quisiera y bajara la guardia ante ella? Fue ella quien empezó contándole su vida con Cordelia y su tía Meredith, pero después se cerró sin motivo aparente. No podía ser por el miedo a la responsabilidad del nuevo trabajo… Santino sabía que podía con ello de sobra. Así pues, la única opción que le quedaba era la llamada de teléfono. ¿Quién esperaba a Kate en casa aparte de su tía? Tenía que pasar mucho más tiempo con ella para enterarse de qué pasaba. Prefería mil veces echar un puñado de sal sobre la herida y probar sus trucos antes que continuar persiguiéndola a ciegas.

–Creo que podemos volver andando al hotel –le sugirió él–. Estará bien un poco de aire fresco después del calor que hemos pasado ¿No te importa? –le sujetó la puerta y cerró los ojos para apreciar mejor su aroma a flores cuando ella pasó junto a él.

–No, es muy buena idea –dijo ella–. Me gusta caminar…

Santino vio que estaba más relajada, e incluso le sonrió brevemente, pero entonces él recordó lo profesional que ella era y que siempre estaba en guardia.

–Lo he pasado muy bien esta noche, Santino, y quiero darte las gracias por todo. Sé que era una cena de trabajo y que no tenía que haber cuestionado tu elección de restaurante, pero este sitio era justo lo que esperaba encontrar en Roma.

Sabía bien lo que decir para causarle buena impresión, pero ¿lo haría también para ablandarlo?

–Ha sido un placer –siempre escondía sus verdaderos sentimientos bajo los modales–. Me alegro de que te hayas divertido.

–¿Estamos lejos del hotel? –le dijo, mirando la estrecha callejuela.

–No –él arrugó las cejas, sin saber con qué opción quedarse, como le había pasado toda la noche.

–Entonces, ¿por qué no nos despedimos aquí? Puedo ir sola andando hasta allí.

–¿Cómo? –él no había esperado algo así. Se sintió irritado, por su independencia y porque no estaba acostumbrado a esas cosas. Él era el que tomaba las decisiones–. No voy a dejarte ir sola por la noche.

–Entonces tomaré un taxi.

–No puedes parar a uno por la calle.

–Un autobús, entonces.

Por increíble que pudiera parecerle, antes de que él se hubiera dado cuenta, ella había saltado a la plataforma de uno de esos autobuses para turistas que recorren la parte antigua de la ciudad.

–¿Qué estás haciendo? –no le quedó más remedio que seguirla.

–Actuar de forma espontánea. Voy a hacer una visita turística –su rostro parecía decidido mientras buscaba cambio en su bolso para pagar el billete.

–Sube al piso de arriba. Ponte en los asientos delanteros. Yo pagaré –no podía creerse lo que estaba diciendo. ¡No podía creerse que fuera a tomar un autobús!

Después de pagar, Santino se sentó a su lado. Ella había logrado conseguir dos de los mejores sitios en la parte delantera y estaba ocupada con los auriculares que explicaban el recorrido en varios idiomas. Se sobresaltó cuando él se los quitó de las orejas.

–¿No tienes confianza en mí como guía? Soy romano...

–No hay duda de ello –le dijo ella mientras el autobús se acercaba al Coliseo, bañado de luz.

Fue lo más parecido a un flirteo que ella tuvo con él. Eso ayudó a Santino a calmar su orgullo herido y pensar en otras emociones, que tampoco duraron mucho porque el rostro de Kate se tornó nuevamente de hielo.

Por Kate haría un esfuerzo por recordar la historia de su ciudad. Entonces ella se estremeció.

–¿Tienes frío?

–No, estoy bien –mintió.

Soplaba una brisa fresca, y él se quitó la chaqueta.

–No, gracias. Estoy bien –mintió ella de nuevo, viendo lo que él estaba a punto de hacer.

–Llevas un traje muy fino –apuntó él, colocándole la chaqueta sobre los hombros.

–¿Y tú?

Él no estaba pendiente de nada más que de cuidarla a ella, y eso era peligroso.

–No puedo permitirme que te pongas enferma

después de haber salido a cenar con el jefe –así mantenía las cosas en un plano impersonal, pero tal vez fuera el momento de recordar que un paseo en autobús turístico era algo inusual en una cena de trabajo.

–¿Estás preocupado por que llegue mañana tarde al trabajo?

Tanto su voz como sus ojos grises lo sorprendieron por su repentina calidez, y Santino sonrió complacido al pensar que ella iba a trabajar para él, al menos unos días. No podía recordar la última vez que se sintió de esa manera por el trabajo, o por una mujer.

Cuando pasaron junto a unas ruinas, ella tomó los auriculares.

–Se supone que eres mi guía –le recordó, mientras desenredaba el cable.

–Y lo soy… –dijo él, tomándolos de sus manos y luchando casi para no acariciarla–. Estamos pasando junto al templo de Vesta –le informó para romper la tensión del momento. Dejó los auriculares en el asiento, entre ellos dos, como para darse más espacio.

¿Recordaría ella aquella noche? ¿Cómo iba a recordar sus clases de historia con tal distracción erótica en su mente?

Apenas dijo unas palabras sobre el templo de la diosa. Roma estaba tan llena de ruinas que si no daba una explicación breve, no tendría tiempo para la siguiente.

–El templo era un lugar lleno de crueldad. Se escogían niñas de entre las mejores familias de Roma, incluso desde los seis años, y las llevaban a vivir al templo para servir a la diosa. Les robaban sus vidas…

Kate sintió que se le encogía el corazón mientras Santino le explicaba las antiguas costumbres.

–¿En serio? –preguntó por fin, con la boca seca.

Por suerte, Santino no pareció notar su cambio de actitud.

–Las vírgenes vestales eran seleccionadas por su belleza… –él se detuvo y la miró.

–Sigue, no pares –apremió Kate.

En el pasado ella también había pronunciado esas palabras ante él, aunque las circunstancias eran muy diferentes, pero a él le estaba costando centrarse en la lección de historia cuando podía sentir su cálido aliento tan cerca de él. Tuvo que obligarse para no seguir mirándola a los labios.

–El cometido de las vestales era mantener encendido el fuego del templo –igual que el fuego había ardido dentro de él durante cinco años–. Pasaban diez años formándose, diez como vestales, y otros diez formando novicias. Después podían casarse…

–¿Y vivir felices para siempre?

–¿Es eso una ironía, Kate?

Como si ella acabara de darse cuenta del escaso espacio que había entre ellos, se apartó un poco y él también.

–Pero la vida de las vestales no estaba exenta de peligros –dijo, con voz más dura, como si su mente se hubiera vuelto hacia el lado más duro de la vida–. Si alguna rompía el voto de castidad, era enterrada viva en Campo Scellerato, el campo de los villanos, y su amante era condenado a muerte con humillación pública en el Foro, ante toda Roma.

–Eso es horrible.

–Es la historia de Roma. No puedes responsabilizarme a mí de ello.

–Ya lo sé, Santino.

Se puso colorada, pero no apartó la mirada de él. Él no dejó de mirarla, y entonces se le ocurrió que podía estar ocultándole algo. Se quedaron un rato así, en silencio, y ella lo sorprendió tocándole el brazo.

–Pareces triste –dijo ella–. ¿Pasa algo?

–¿Triste? No, decepcionado de nuevo por una mujer, tal vez –se encogió de hombros–. Ha sido un lapsus momentáneo –pero cuando volvió a mirarla a los ojos, se dio cuenta de que sus ojos grises estaban fijos en sus labios.

Estaban tan cerca el uno del otro que sus labios casi se tocaban. En lugar de apartarse, ella se quedó muy quieta. Ella estaba esperando que la besara. Quería que la besara. Pero sería él quien eligiera el momento, no Kate.

Ella de repente se puso tensa y se apartó, y ya no pudo quedarse quieta en su asiento.

–¿Cómo de lejos está el hotel Russie? –preguntó cuando el autobús dobló una esquina.

Cuando el autobús se detuvo a recoger a un grupo de turistas, él se dio cuenta de que ella estaba deseando bajar.

–A diez minutos andando. ¿Quieres hacer eso?

–Sí, por favor.

Ella ya estaba de pie y esperando a que él la dejara salir para escaparse. Santino se levantó y la dejó pasar delante de él por el estrecho pasillo para bajar las escaleras. En cuanto pisó la acera, Kate empezó a mirar a los dos lados para orientarse.

–¿Por dónde es? –murmuró, casi para sí misma.

–Yo te indico –pero ella apenas lo oyó.

Ya había salido disparada como una liebre recién liberada de una trampa y cuando él llegó a su altura, tuvo que decirle que iba en dirección contraria. Kate se giró sin decir nada y él tuvo que apresurarse para mantener su ritmo.

Pero él podía aguantar la independencia hasta cierto punto. La dejó adelantarse y cuando ella por fin se dio cuenta de que él no estaba allí, se detuvo y lo buscó con la mirada. Él la miró levantando las manos.

–No sé qué te pasa, Kate. Sólo espero que esto no interfiera en tu trabajo.

–Nunca he sido motivo de queja –le aseguró ella, sin dejar de mirar en la dirección de su objetivo: el hotel Russie.

–Pues que no sea ésta la primera vez –le advirtió–. Cuando contrato lo mejor, espero siempre resultados de primera.

–Y los conseguirás –ella caminó aún más rápido–. No tengo intención de fallar.

–Bien –dijo él, a su lado–. Sólo me estaba asegurando.

En ese momento, a Kate le hubiera gustado poder esconder la cabeza bajo un montón de almohadas, olvidar la velada con Santino. Era una agonía el querer gustarle a Santino cuando eso le hacía sentirse tan débil. ¿Gustarle? Tenía que estar de broma… lo que ella quería era que la deseara.

¡Al diablo con la cena de trabajo! Tenía que reconocer que por un momento para ella había sido mucho más que eso. Había deseado que él la besara, había deseado bajar las defensas… ése era el peligro de Santino, que había jugado con ella como un maestro. En aquel momento estaba ansiosa por dejarlo atrás, y se giró en cuanto llegó a la entrada del hotel.

–Buenas noches, Santino, y gracias de nuevo por una velada tan agradable.

Él la ignoró, le abrió la puerta antes que el portero y después entró decidido a acompañarla hasta el ascensor.

Mientras esperaban a que llegara el ascensor, Santino sintió como si el volcán junto al que había estado caminando Kate toda la noche, estuviera a punto de entrar en erupción. Ella había accedido a darle unos días, nada más, y a él le pareció un insulto a su orgullo.

Ella había querido que él la besara, y aún estaba irritada por que él no lo hubiera hecho. Pero él no se dejaría embaucar por una mujer de la que tenía sospechas. Lo que ocurriera entre ellos, sería bajo las condiciones que él impusiera. Averiguaría lo que ella le ocultaba, y hasta entonces, se contentaría con mirar.

Era en ocasiones como aquéllas cuando se daba cuenta de que lo vivido en su niñez le daba ventaja. La marcha de su madre y la muerte de su padre le habían obligado a aprender a vivir de su inteligencia. Se había convertido en una persona especialmente observadora, con una ascensión meteórica en el mundo de los negocios. Lo cierto era que no tenía nada que perder.

No estaba dispuesto a tirarlo todo por la borda por una mujer, aunque esa mujer fuera Kate Mulhoon. Siempre estaba alerta ante la posibilidad de escándalo, de una trampa, y Kate se había condenado ella sola. Había estado dispuesta a besarlo cuando estaba claro que tenía a alguien esperándola en casa. ¿Y si se había planteado engañar a ese individuo, por qué no a él?

—Santino…

–¿Sí? –estaba oculto entre las sombras, donde nadie podía adivinar sus pensamientos por su gesto, mientras ella estaba bien iluminada por las elaboradas lámparas del hotel.

Era guapa de un modo no sofisticado. Y Santino quería creer que esa belleza iba más allá del exterior, pero por su experiencia, pensaba que eso era bastante improbable.

Sonó la campana del ascensor y las puertas se abrieron, lo cual fue como la indicación para que ella extendiera la mano a modo de saludo formal.

–Gracias de nuevo, Santino –le dijo con frialdad.

Al principio él se sintió agredido por su compostura y su voz distante. Por un momento pensó que la había interpretado mal, pero cuando se llevó la mano que ella le ofrecía para que se la estrechara a los labios, notó que temblaba.

# Capítulo 7

**K**ATE se alegró de que Caddy no la estuviera esperando despierta. No tenía ganas de revivir cada momento de esa noche que la había dejado sumida en la confusión. Para no molestar a su prima, cerró la puerta con cuidado.

En su pasado había tantas sombras y secretos que apenas podía enfrentarse a ellos, cuando menos, confiárselos a Santino, y nada de aquello era fácil de compartir con otra persona. ¿Cómo podía admitir ante Caddy que había deseado que Santino la besara y que él había estado a punto de hacerlo, pero por algún motivo se había echado atrás? ¿Cómo podía admitir lo decepcionada que se había sentido? Santino sabía que ella lo deseaba, y su respuesta había sido rechazarla. No podía sentir una humillación más grande que aquélla.

Pero al menos, el lado profesional había ido bien. Había conseguido todo lo que quería para Caddy, así que al menos con su lado profesional no había habido problemas, a diferencia de su juicio para su vida personal.

Sabía que tenía que contarle a Santino que era el padre de Francesca, y que cuanto más retrasara el momento, más difícil sería, pero quería saber más de él antes de poner en sus manos el futuro de Francesca. Esperaba que el trabajar para él unos días le diera esa oportunidad.

–¿Kate? ¿Eres tú?

Kate se quedó sin aliento al oír la voz somnolienta de Caddy desde la habitación.

–Sí… soy yo. Perdona por haberte despertado.

–¿Se lo has dicho? ¿Le has dicho a Santino que es el padre de Francesca?

También fue el primer pensamiento de Caddy… Por supuesto.

–Ya hablaremos de eso mañana. Ahora, duérmete, Caddy. Tienes que estar en el estudio en unas pocas horas.

A la mañana siguiente, Kate vio con alivio que su prima no volvía a hacerle la pregunta de la noche anterior. Aun así, sabía que Caddy sospechaba que estaba pasando algo, y el nombre de Santino Rossi pendía en el aire entre ellas como una amenaza.

–¿Dónde está mi traje? –preguntó Kate cuando las dos estaban vistiéndose–. Estoy segura de que lo dejé anoche en la habitación, y ahora no está.

Caddy apartó la mirada.

–¿Dónde está, Caddy? –presionó Kate, con crecientes sospechas.

Por un lado, se alegraba de poder discutir sobre cosas mundanas como qué ponerse mientras su otra mitad estaba al borde del ataque de pánico, pero por otro, no le convenía que la parte de su vida en la que podía confiar se viniera abajo. El trabajo había sido su salvación en muchas ocasiones, permitiéndole sumergirse en un mundo que le dejaba muy poco tiempo para pensar en el pasado.

–Cuando lo vi en la silla, pensé que lo habías dejado allí para mandarlo lavar –dijo Caddy, atrayendo la atención de Kate–. Los mandé los dos a la lavandería, para estar segura.

–¿Mis dos trajes? –explotó Kate, sabiendo que estaba reaccionando de una forma excesiva por motivos que no podía analizar en ese momento–. ¿Y ahora qué me voy a poner?

–Tranquila –Caddy le puso un brazo sobre los hombros–. Te vas a poner algo fantástico de mi armario.

–Voy a trabajar, no a un estreno –señaló Kate, pasándose una mano por el pelo, nerviosa.

–Gracias por recordarme lo de tu pelo –dijo Caddy–. ¿Sabes? Te quedarían bien unas mechas.

–Ni se te ocurra –Kate ya se estaba recogiendo el pelo para atárselo en una coleta.

–¿Y si te lo cortas?

–Me gusta mi pelo tal y como está. ¿Qué va a pensar Santino si aparezco en mi primer día de trabajo con un nuevo peinado y uno de tus espectaculares modelos?

–¿Qué más te da lo que piense Santino?

Sí que le importaba, y ése era el problema.

–Tal vez tengas razón acerca de lo de los modelos –admitió Caddy pensativa.

–Sé que tengo razón. Será mejor que llames al servicio de lavandería y preguntes si me pueden devolver mis trajes.

La respuesta de Caddy fue ir corriendo a su armario y revolver entre las exclusivas bolsas que cubrían sus vestidos. Con un grito de triunfo sacó de una de ellas un vestido de cachemira de un precioso color crema con un tono de brillo dorado. Era sencillo, de manga larga y cuello alto, ligeramente abierto en los hombros, pero no demasiado. Kate no podía ponerle objeciones.

—Es precioso, pero no para mí —dijo Kate con firmeza—. Y además, tú ni siquiera lo has estrenado —añadió.

—No pasa nada porque lo uses tú un día. Y como no tienes nada que ponerte…

Estaba acorralada, y Caddy lo sabía. Kate era consciente de que el servicio del lavandería del hotel funcionaba como un reloj, y que no le devolvería su ropa hasta el día siguiente, y algo tenía que ponerse…

—Y no te dejes esto —insistió Caddy.

—No —dijo Kate sin más.

Tenía que parar a su prima en algún momento. Le estaba mostrando unas preciosas botas de ante color crema, altas y con un tacón mediano. Se ataban en el lateral con una hebilla, y el nombre que aparecía en la caja bastaba para que Kate supiera que habían costado una fortuna.

—¿Por qué no? —preguntó Caddy, sacudiéndolas frente a ella provocativamente.

—Son tan delicadas que las puedo estropear.

—¿Tú? —Caddy resopló divertida—. No creo.

—Pero si mis zapatos están en la habitación… iré a buscarlos.

Caddy la detuvo en la puerta.

—Si crees por un momento que te voy a dejar llevar esos zapatuchos planos con mi fantástico vestido nuevo, te equivocas por completo, Kate Mulhoon. Ahora eres mi manager, ¿recuerdas? Pues tienes que vestirte para el papel.

Kate frunció el ceño mientras Caddy desaparecía

en la habitación dejando las tentadoras botas y el vestido tras ella. Le había ganado la partida.

Mientras se vestía a toda prisa, Kate miró su reloj. Aún era demasiado temprano para llamar a Francesca, pero estaba deseosa de hablar con ella. Llamó a un taxi que las llevara a Caddy y a ella al estudio, y decidió que llamaría a su hija más tarde, en cuanto pudiera.

En cuanto Kate colgó, oyó a Caddy charlando con Meredith por el móvil. No podía oír lo que decía, pero Caddy parecía preocupada, y también excitada. Y ella no debería estar escuchando, se dijo mientras recogía sus cosas. Meredith era la madre de Caddy, y tenían derecho a tener una conversación privada.

—Caddy, vamos —llamó Kate en el momento en que oyó a Caddy despedirse—. El taxi ya debe estar esperando a la puerta. Será mejor que no lleguemos tarde.

Kate tenía un rato libre cuando llegaron al estudio, y mientras Caddy estaba en maquillaje, decidió agarrar el toro por los cuernos e ir a cortarse el pelo. Al principio se sentía un poco insegura por el estilo moderno, pero pronto la peluquera la tranquilizó y Kate tuvo que admitir que le gustaba su nuevo aspecto.

—¿Por qué no dejas que Marie te maquille? —le dijo Caddy después de haberle dado el aprobado a su peinado.

—¿Tan mal estoy?

—Peor que mal —rió Caddy, e hizo una mueca.

Para cuando Kate entró en el estudio, estaba completamente transformada. Con su elegante vestido y calzado y con el pelo cortado en media melena, atraía más atención que nunca. Al principio fue un poco extraño, pero después le gustó. Estaba encantada, hasta el momento en que llegó Santino y fue hasta ella.

–¿Qué has hecho con tu pelo?

Su evidente tono reprobatorio sorprendió a Kate como una puñalada en su recién recuperada autoestima, pero lo último que quería era que Santino notara sus sentimientos. Levantó la cabeza y le dijo:

–No sabía que para desempeñar este puesto tuviera que llevar un peinado determinado.

Y se quedó mirándolo hasta que él apartó la vista. Después dijo:

–Buenos días, Santino –sonrió, decidida a llevar las cosas a su manera–. Hay unas cuantas cosas de las que tenemos que hablar.

–¿Como cuáles? –él la miró de arriba abajo.

–Las duchas se quedaron sin agua caliente ayer –continuó Kate–. Y el catering del estudio no funciona bien. Esta mañana se han quemado las tostadas y no ha habido huevos para todos.

–¿En serio? –murmuró Santino.

La expresión de sus ojos hizo que el corazón de Kate latiera con fuerza dentro de su pecho y a ella le costara concentrarse.

–Sí, y eso no es todo…

–Por ahora sí –tomándola del brazo, Santino la alejó de los demás–. Intenté llamaros esta mañana para contaros los planes del día, pero el teléfono de vuestra habitación estaba comunicando. Tendrás que darme tu número de móvil, Kate. Tienes que estar localizable en todo momento aunque sólo vayas a trabajar para mí unos pocos días.

Kate de algún modo consiguió permanecer callada. Estaba claro que tenía que haber leído la letra pequeña antes de aceptar trabajar para Santino, pues parecía exigir disponibilidad las veinticuatro horas y un peinado que le gustara.

–Si hubiera podido hablar con vosotras, le habría ahorrado a Cordelia el venir al estudio tan temprano –siguió él–. ¿Por qué estabais hablando por teléfono tan temprano?

–No sé con quién hablaba Cordelia –el tono agradable de Kate contrastaba con la furia que sentía por dentro–, pero yo estaba llamando a un taxi para que nos trajera aquí –no se iba a dejar intimidar por él.

–No tiene sentido que Cordelia esté perdiendo el tiempo aquí si no hay director. Deberías haberte dado cuenta, Kate. Dile que puede marcharse.

Lo primero que le vino a Kate a la mente fue un «díselo tú mismo», pero no habría sido una contestación apropiada de un empleado hacia su jefe. Había trabajado para gente complicada en el pasado y sabía cómo manejarlos. Y nadie le había obligado a aceptar ese trabajo; había aceptado ser la ayudante personal de Santino por unos días hasta que contratase a otra persona, porque le venía bien por diversos motivos, entre ellos, que así se aseguraría de que Caddy estaba bien

–Supongo que tu cliente se alegrará de tener más tiempo para perfeccionar su papel.

–Seguro, y gracias por tu consideración –dijo Kate con frialdad. Aquello no era por ella ni por lo que sintiera por Santino, sino por Caddy, el trabajo… ¡Si la vida fuera más sencilla!

En aquel momento su preocupación era no respirar demasiado fuerte para no oler la colonia de Santino, que podía hacer que su cuerpo deseara cosas poco adecuadas. Además, él estaba muy cerca…

–Será mejor que tú vengas conmigo –su voz era brusca y su mirada, impaciente–. Repasaremos lo que espero de ti.

Acostumbrada como estaba a jefes difíciles, Kate tomó aliento antes de hablar.

–Buena idea.

–Lo hablaremos mientras almorzamos.

–¿Almorzar? –¿otra comida juntos?, ¿otra oportunidad para sentarse junto a él y que su mente se quedara en blanco?

–Me viene bien.

–Seguro –murmuró ella mientras lo seguía. Cualquier excusa para ejercer su autoridad le venía bien a Santino–. ¿Tenemos tiempo para almorzar?

Él se detuvo un momento y se giró. El gesto de seguridad de su boca hizo que a ella se le acelerase el corazón.

–Yo soy el jefe, Kate, y si digo que tenemos tiempo, es que lo tenemos.

Intentó disimular, pero aún estaba sonriendo cuando ella volvió de decirle a Cordelia dónde iba. No podía aceptar que Kate tuviera a alguien en Inglaterra y no lo reconociera. Los celos hicieron presa de él al pensar que ella estaba deseando volver el fin de semana al Reino Unido para ver a esa otra persona…

Pero los celos podían cegar a una persona, y Santino no estaba acostumbrado a ese tipo de sentimientos.

–¿Hablaste de ir a almorzar? –le dijo ella cuando volvió junto a él.

Ella actuaba como si no hubiera nada entre ellos, ni tensión sexual, ni preguntas sin respuesta, ni pasado… parecía de lo más tranquila, incluso relajada y resignada para asumir las excentricidades de su jefe.

–Tenemos que hablar –dijo él, muy serio, bajando la cabeza para mirarla a los ojos.

–¿Hablar de qué? ¿Trabajo?

Otra vez… ansiedad en su mirada. Al apartar la vista, él creyó tener más motivos de sospecha. Ella era tan poco de fiar como el resto de las de su sexo. Mantendría la presión sobre ella hasta que le contara todo.

–Puedes dejar aquí tu carpeta. No la necesitarás –Santino notaba su creciente inquietud, pues ella debía estar pensando que el desayuno sería una nueva prueba para ella.

–Iré por mi bolso.

–Bien –dijo, al verla alejarse. Tenía que admitir que tenía un aspecto magnífico.

Las botas atraían la atención hacia sus largas piernas, y el vestido, moldeando su figura y marcando sus movimientos… si caminara así vestida por la Via Veneto, detendría el tráfico a su paso. ¿Se habría planteado lo sexy que estaba?

Probablemente, sí. Tenía la gracia de un felino y los modales de una dama victoriana: una combinación explosiva. El nuevo corte de pelo le iba con el conjunto… ¿Habría hecho todo aquello para impresionarlo? En caso de respuesta afirmativa, lo había conseguido. Como si el vestido hubiera sido un disfraz para una película, había afectado a su forma de comportarse. Ahora irradiaba confianza en sí misma, lo cual era algo muy atractivo en una mujer. Pero lo cierto era que Santino estaba harto de las mujeres que pensaban que con tumbarse lograban el premio gordo. Una noche con él no era un pasaporte para la riqueza, sino un viaje a ninguna parte.

Kate se dio cuenta de que la cafetería de los estudios aún no estaba abierta, pero si pensó que él anularía el desayuno por eso, se equivocaba.

—Parece que tendremos que ir a otro sitio.

Santino se encogió de hombros, pues su idea no había sido en ningún momento quedarse allí.

—Iré por el coche y te recogeré en cinco minutos en la puerta.

Aunque agarró el bolso con más fuerza aún, Kate logró mantener el pánico bajo control.

—¿Dónde vamos a ir?

—A un sitio típico —Santino no pudo resistirse y sonrió mientras se alejaba.

—Espero que no esté muy lejos. Tengo mucho trabajo que hacer.

Él apretó la mandíbula. Admiró su insistencia, pero no estaba dispuesto a ceder ni un centímetro.

—No demasiado —miró hacia las colinas que rodeaban Roma. Se le permitía una pequeña mentira, ¿no?


Kate sintió un nudo en el estómago cuando Santino aparcó su deportivo Maserati delante del hotel. Habían tardado horas en llegar, pues había un tráfico imposible. Tendría suerte si llegaban al estudio antes de que acabara la jornada, y le hubiera gustado revisar el menú de la cafetería.

—¿Vamos? —le dijo Santino mientras le daba las llaves al aparcacoches del hotel.

—Tú mandas —le recordó ella con sarcasmo.

Y además, le gustaba que ella lo recordara, pensó Kate mientras él le abría la puerta. Al salir del coche, se quedó impresionada con la fachada de piedra del edificio.

—¿Tiene tu aprobación? —preguntó Santino.

Pero Kate adivinó que la respuesta, a juzgar por su tono de voz, no le interesaba lo más mínimo.

Lo cierto era que el hotel era magnífico. Era lo equivalente en hotel al restaurante donde la había llevado el día anterior, pero puesto que habían recorrido varios kilómetros sin ver rastro de edificios, no podía pedirle que la llevara a otro sitio.

—Te he traído aquí por un motivo —explicó él mientras cruzaban las puertas giratorias.

El corazón de Kate latía nervioso. Por más veces que se dijera que aquello era una reunión de trabajo, no podía evitar pensar qué sería lo que Santino tenía en mente y por qué la había llevado tan lejos del estudio.

Lo que él quería era ponerla a prueba de verdad. Iba a preguntarle todas las cosas que suelen preguntar los jefes a sus empleados, empezando con el estado civil.

En cuanto pusieron un pie en el interior, el botones y el gerente del hotel aparecieron frente a ellos como alertados por una campana invisible.

—*Signor* Rossi —el gerente inclinó la cabeza con respeto—. Nos alegra tenerles a usted y a su acompañantes como huéspedes. ¿Qué puedo hacer por usted?

—Imagino que La Pérgola estará cerrada para comer, pero…

—¿Cerrada? No para usted, *Signor* Rossi.

—Esperaba que dijera eso, Fritz. La señorita Mulhoon viene de Inglaterra.

—Iré a avisar al chef.

—No es necesario. Sólo queremos tomar algo ligero. Tenemos asuntos de trabajo que tratar.

—Comprendo —dijo el gerente.

Santino sonrió. Dudaba de que lo entendiera, pero su cometido era ser discreto y bien dispuesto.

–Me gustaría enseñarle las vistas a la señorita Mulhoon.

–Desde luego, *signor* Rossi –fue el turno de Kate de recibir una reverencia–. No se ha visto Roma hasta que no se ve desde aquí.

Kate sonrió, pero un escalofrío la recorrió. Ella pensó que había logrado ocultarlo, pero no para Santino. Aquello no hizo más que alentar sus sospechas. ¿Por qué se sentía incómoda en aquel adorable lugar más que ante la posibilidad de tener que responder a sus preguntas?

–Estoy deseando verlo –dijo ella.

El gerente los acompañó a la terraza y Santino creyó verla aliviada porque otra persona los acompañara.

Cuando el gerente abrió las puertas y se hizo a un lado, Kate se quedó inmóvil un segundo antes de volverse a Santino.

–Es increíble… –sonreía de la sorpresa.

Santino sonrió también, e imaginó que la vista había sobrepasado tanto sus expectativas que había olvidado sus tensiones por un momento.

–Nunca he visto nada igual –añadió.

Toda Roma se extendía ante ellos, presidida por la cúpula de San Pedro.

–Me alegro de que te guste –comentó él, fijándose en cómo se agarraba las manos sobre el pecho.

–¿Quieren sentarse? –ofreció Fritz, conduciéndoles a una mesa junto a la ventana–. Le pediré al chef que prepare un pequeño tentempié… ¿Carpacho de *scampi* con gelatina de lima, papaya y caviar, tal vez? ¿O *tagliolini* con brócoli y almejas…?

Kate se resistió a la tentación de pedir un sándwich de queso.

–Tres estrellas Michelin –le susurró Santino con discreción, justo a tiempo.

–Suena delicioso –le dijo ella con una sonrisa a Fritz–, pero tal vez algo más ligero…

–Comprendo. Puedo sugerirles pechugas de pichón sobre una cama de naranja caliente y salsa de vino dulce, seguido de una selección de quesos…

–Con la selección de quesos bastará –le aseguró Kate.

–También para mí –dijo Santino–. No queremos distraer al chef… seguro que está muy ocupado preparándose para los comensales de esta noche.

Kate se preguntó si tanta consideración no sería para que ella lo tuviera en cuenta.

–¿Desean ver la carta de vinos?

–Gracias, pero no. Tomaremos una copa de champán y una botella de agua con gas San Pellegrino.

–Muy bien.

Fritz se alejó con una sonrisa tan sincera como si hubieran pedido los platos más caros de la carta, pero en cuanto desapareció, la tensión creció para Kate al ver que Santino no tenía prisa por empezar a hablar. Tal vez estuviera esperando a que ella dijera algo…

–Un hombre muy agradable –dijo él por fin–. ¿No te parece, Kate?

Kate sabía que aquello era sólo la entrada, como en un juego de ajedrez. Santino no la había llevado allí sólo para admirar el paisaje.

–Muy agradable –decidió limitarse a las respuestas cortas. Ojalá estuviera a kilómetros de allí, ojalá pudiera dejar de mirar a Santino.

–En verano se puede comer en la terraza con Roma entera a tus pies –comentó él.

–¿En serio? –comentó ella distraída–. Siento no poder estar aquí entonces… –tantas cosas dándole vueltas en la cabeza le hacían perder la compostura.

# Capítulo 8

DESDE luego, no fue sólo un poco de queso con pan como el que uno puede comprar en el supermercado; los camareros les llevaron pan crujiente, aceitunas y una magnífica selección de quesos.

Kate tuvo que recordarse en varias ocasiones el mantenerse en guardia cuando Santino empezó a compartir detalles sobre el trabajo detrás de las cámaras, que le dieron una idea de quién era el empresario hecho a sí mismo que tenía delante. A pesar de todas las advertencias que se había hecho a sí misma, empezaba a relajarse, e incluso le gustaba, pero no era el momento más adecuado para hablarle de Francesca. Necesitaba estar mucho más segura para eso.

—Háblame de tu vida en Inglaterra...

Kate se dio cuenta de que tenía que habérselo imaginado. Santino no la había llevado hasta el fin del mundo para nada; ésa era su forma de hacer negocios, ablandando al oponente antes de saltar sobre él, pero ella estaba lista.

—Como sabes, trabajo en la agencia de representación en la que está Caddy.

—Trabajarías, si me hubiera salido con la mía. Continúa.

—Cuando tengo que quedarme a trabajar hasta tarde, me quedo en un pequeño apartamento en la ciudad.

–¿Y cuando no?

Kate se dio cuenta de que él era todo oídos.

–Vivo con mi tía Meredith y con Caddy en el campo, cuando Caddy no tiene trabajo fuera, claro –pensó que a él le había gustado la respuesta, o tal vez más que eso. Su corazón latió con fuerza al ver cómo él la miraba.

–¿Vives con Cordelia y con su madre? –los ojos oscuros de Santino estaban buscando en sus más ocultos pensamientos, advirtiéndole a Kate de que tuviera cuidado con sus respuestas.

–Sí.

–¿Y cuál es tu estado civil?

–¿Y el tuyo? –le espetó ella, sin pensarlo.

–Es una pregunta personal –respondió él, mirándola fijamente.

–¿Y la tuya no?

–Es una pregunta dirigida a un posible empleado.

Kate se puso roja de vergüenza. Había caído directamente en la trampa que Santino le había preparado.

–Estoy soltera y pienso seguir así por mucho tiempo.

–Y a la defensiva.

–En absoluto. Me gusta la vida que llevo y no necesito a un hombre para definirme.

En ese momento sonó el teléfono de Santino.

–¿Me disculpas? –ya estaba de pie, frunciendo el ceño ante la interrupción.

–Adelante.

Kate apenas pudo ocultar el alivio que sintió cuando Santino se alejó. Lo cierto era que estaba deseosa de saber más de él, pero ella no estaba dispuesta a compartir al mismo nivel. No quería mentirle, pero aún no podía decirle la verdad.

Santino estaba sonriente cuando volvió a la mesa.

–¿Buenas noticias? –preguntó ella, deseando que hubieran requerido su presencia en algún sitio. Tenía que revisar su táctica antes de meter la pata al contarle lo de Francesca.

–Las mejores –confirmó él–. Nuestra nueva directora ha llegado antes de tiempo.

–¡Excelente! –y una excusa inmejorable para poner distancia entre ellos–. Deberíamos volver.

–Parece que tienes prisa…

Había una nota de advertencia en la voz de Santino, lo que sirvió a Kate para darse cuenta de que tenía que relajarse.

–Nada de eso, sólo pensé que…

–No vamos a volver al estudio –la interrumpió él–. Es tradición en el estudio dar una pequeña fiesta en un restaurante no lejos de aquí, en el valle, cada vez que empezamos un proyecto nuevo.

–Y con un nuevo director, es un nuevo proyecto…

–Exacto.

La tensión empezó a desaparecer para Kate. No era la opción ideal, ni la soledad que había deseado, pero rodeados de gente, la fiesta sería segura, pues Santino no tendría ocasión de hacerle las preguntas indiscretas que ella temía.

–Tienes dos posibilidades –le dijo, mientras sacaba su móvil–. Puedo llevarte de nuevo a Roma y puedes venir de nuevo con los actores y el equipo técnico, o podemos ir juntos desde aquí…

Su tono informal indicaba que no le importaba cuál de las dos opciones escogiera. Kate ocultó su decepción; él le estaba dando la opción de alejarse, y ella tenía que estar agradecida. Lo mejor sería acabar aquello cuanto antes, o corría el riesgo de verse con él aún más tiempo, encontrándolo tan atractivo como el día que lo conoció, y no podía permitirse volver a enamorarse de un hombre cuya vida era un misterio para ella. Lo mejor sería viajar con Caddy y los demás.

—Debería...

—¿Qué deberías hacer, Kate? —presionó Santino.

—Debería estar contigo —murmuró ella, al ver cómo la miraba—. Como representante de Caddy y también como asistente tuya, aunque sea personal, para recibir juntos a la nueva directora —se recompuso rápidamente.

—Justo lo que yo pensaba —por fin empezaba a romper barreras.

Estaba decidido a saber la verdad acerca de Kate costara lo que costara. Había empezado a pensar que había un aspecto doloroso en su vida que le impedía abrirse; nadie entendía eso mejor que él, pero no iba a cejar en su empeño.

En cuanto subieron la coche, la tensión sexual volvió a ellos. Santino podía comprender que la gente cambiara en cinco años, pero no entendía el juego de Kate.

—Así está mejor —dijo él cuando ella sonrió. Le parecía mejor alguna reacción que nada.

—¿Mejor?

—Mejor que verte tan nerviosa —le sonrió, amable—. Parece que intentas ocultarme algo.

La expresión que vio en sus ojos le advirtió que se retirara, pero él no era de ese modo.

—Deberías relajarte y disfrutar esto. No te haré daño —añadió.

—¿Disfrutar? ¿De qué modo?

—No sé. Me parece que no te vendría mal. Llamaré

a la empresa de alquiler de autocares para que vayan al estudio a recoger a todo el mundo. Si salen ahora, llegaremos más o menos al mismo tiempo.

Cuando acabó de hablar por el móvil se puso el cinturón de seguridad y arrancó. La suerte estaba echada.

El restaurante era una vieja granja restaurada con altos techos de roble. Todas las mesas estaban ocupadas cuando llegaron. Como no habían avisado de la fiesta del estudio, el local estaba ya lleno, así que habían pedido unas mesas largas que ya estaban preparadas, con jarras de agua y vino sobre ellas.

–¡Kate! –Caddy corrió hacia la puerta a su encuentro–. Acabamos de llegar. ¿No te parece fantástico todo esto?

Por un momento, Kate no pudo decir nada. Estaba demasiado sorprendida por el caos, y todo aquello parecía lleno de niños que le recordaban a Francesca.

–Pensé que te gustaría este sitio –continuó Santino–. Creo que se ajusta a tu gusto por la cultura local.

–Sí –murmuró Kate distraída, mirando a su alrededor buscando a saber el qué.

Santino tenía razón. El sitio estaba bien, y ella estaba mejor todavía sintiendo el calor de su mano sobre la espalda mientras la conducía a través del restaurante. Si no le costara tanto mantenerse concentrada en el trabajo… No estaba allí para flirtear con Santino, sino para conocer a Diane Fox y defender los intereses de Caddy, se dijo con firmeza.

Al llegar junto a la mesa, Caddy apareció de nuevo junto a su lado y dijo:

–¿Te apetece una sorpresa, Kate?

Kate oyó la pregunta de Caddy, pero fue incapaz de responder. Estaba mirando hipnotizada a una niña morena que había visto a su madre y corría hacia ella.


Santino tardó un momento en comprender qué estaba pasando cuando una mujer mayor se colocó entre Kate y él. Tenía un aspecto ligeramente bohemio, los ojos grises y cara de preocupación. Tenía que ser la famosa tía Meredith.

–Kate –dijo la mujer, poniéndole un brazo sobre el hombro–. Teníamos que haberte llamado, pero Caddy nos dijo que estabas un poco desanimada y que te gustaría la sorpresa... Espero no haberme equivocado.

Él seguía mirando a la mujer cuando sintió como si le dieran un puñetazo en el estómago. Una preciosa niña morena de unos cuatro años se lanzó a los brazos de Kate y ella lo miró después de abrazarla por encima de los rizos negros que él conocía bien. Le rompió el corazón ver sus ojos aterrorizados, pero eso no fue nada comparado con lo que empezaba a sentir en su interior.

Curiosa, la niña levantó la cabeza y lo miró. Con el pulgar en la boca, se acurrucó contra su madre mientras ella abrazaba a su tía. Santino era consciente de que la gente lo llamaba en una dirección y otra, pero no podía moverse.

Kate besó la cabecita de la niña. «¡Mi hija!», pensó Santino. No había lugar a dudas para él: esa niña era una Rossi... su piel morena, los pómulos, el pelo negro, los rizos, los ojos morenos que le miraron directamente al corazón. Era su hija, su niña, la única miembro de su familia. Se quedó helado al pensar en todos los años que le habían robado… y también a la niña. Y ni siquiera sabía cómo se llamaba.

–Mamá –la niña le tiró a su madre de la manga–. ¿Quién es ese señor? Me gusta.

El corazón se le rompió en mil pedazos y cayó a los pies de la niña. Tenía que haberse dado cuenta de que ésa era la recompensa que se obtenía cuando se confiaba en una mujer.

–Dile hola a tu papá, Francesca.

Francesca… Francesca… Francesca…

–Hola –dijo su hija con solemnidad.

Kate lo miraba con desesperación, para que la tranquilizada, pero él sólo tenía ojos para la niña… que alargaba las manos hacia él.

# Capítulo 9

EL CORAZÓN de Kate latía de tal modo que a penas podía respirar, pero tenía que actuar como si todo fuera normal por Francesca.

−¿Nos sentamos?

Aquélla era la peor de las situaciones posibles, un shock terrible para Santino. Sin preámbulos, sin explicaciones, acababa de descubrir que tenía una hija con ella. Pero Kate no podía culpar a Caddy o a su tía por lo que habían hecho, pues lo habían hecho por ella.

Kate fue hacía una mesa libre consciente de que Francesca quería que Santino la llevara en brazos, pero ella aún no estaba lista para eso.

−¿Por eso viniste a Roma, mamá? ¿Para encontrar a papá? −preguntó Francesca en cuanto se sentaron.

−No exactamente… −Kate no podía mentirle. No lo había hecho nunca y no tenía intención de empezar ahora−. ¿Recuerdas lo que te dije? Vine a Roma a ver a la tía Caddy.

−¿Entonces fue la tía Caddy quien lo encontró para mí? −Francesca se giró y miró con atención a Santino.

−No, yo te encontré a ti −le dijo Santino, y fue a sentarse junto a Kate.

Ella sintió que un escalofrío la recorría. Santino no la miraba a los ojos; toda su atención estaba centrada en ella, al igual que la de la niña lo estaba en él.

Por primera vez en su vida, Kate se sintió excluida de la vida de su hija, y la sensación no le gustó nada.

Francesca charlaba alegremente, pero cuando se detuvo a tomar aliento, Santino sugirió que llamaran a Meredith. Era el momento que Kate había estado temiendo.

–Tengo que hablar en privado con tu madre –le dijo a Francesca –. Después seguiremos charlando tú y yo para conocernos mejor.

Francesca aceptó sonriente, pero Kate no pudo dejar de pensar que el gesto contenido de Santino escondía una amenaza. No quería ir a buscar a Meredith, pero Santino no le dejó otra opción. En cuanto se levantó de la mesa, Francesca se subió a las rodillas de Santino.

Kate se quedó helada al verlos juntos… Padre e hija, los dos con el pelo negro, la misma sonrisa… Todo había pasado tan rápido que ella no había tenido tiempo tan siquiera para juzgar si Santino sería un buen padre para Francesca o no, pero ya era demasiado tarde. Francesca estaba deslumbrada con su padre, y Santino estaba igual de encantado con su preciosa hijita. Kate se sintió repentinamente amenazada por la complicidad que había surgido entre ellos.

–Francesca estará bien conmigo.

Las palabras de Santino sonaban a amenaza, pero Kate sabía que tenía que mantener la calma.

–Cielo, quédate aquí un momento. Mamá vendrá enseguida –le dijo a la niña.

Lo que más le dolió fue que Francesca apenas notó la ausencia de su madre. Ya se había vuelto hacia Santino y todos los años que habían pasado separados, de repente se evaporaron.

¿Permitiría Santino que Francesca se alejara de él

de nuevo? Se preguntó Kate mientras buscaba a Cordelia y a su tía. Sentía que tenía que encontrarlas cuanto antes para volver junto a la niña, y que eso era cuestión de vida o muerte.

Su futuro era un lienzo en blanco en el que sólo Santino podía pintar. Lo único que Kate tenía claro en aquel momento era que Santino había vuelto a ser parte de su vida.

Caddy estaba charlando animadamente con otros actores y con la que debía ser Diane Fox, ignorando la crisis que había creado.

–¿Kate? –Meredith la había visto y había ido a su encuentro.

–Oh, Meredith… ¿puedes ocuparte de la niña un rato mientras yo voy a hablar con Santino?

–No hay problema –Meredith observó más de cerca a su sobrina–. ¿Pasa algo, Kate?

–No, tía –mintió Kate–. Santino quiere hablar conmigo.

–Eso son buenas noticias, ¿no?

Meredith, siempre inocente, pensaba bien de todo el mundo.

–Sí, es buena señal –respondió ella para tranquilizarla

Cuando Kate y Meredith llegaron junto a Santino, Francesca estaba dormida en sus brazos.

–Debe estar agotada del viaje –dijo Meredith, tomando en brazos a la niña.

–Tenemos mucho de qué hablar, *piccola* –murmuró Santino, pasándosela con gran cuidado a su tía.

Kate sabía que tenía razón y que no podía negarles tiempo juntos. Además, no podía olvidar la gran influencia de Santino, y que ella no tenía contactos ni en Roma ni en Londres.

Miró conmovida el gesto de Santino al ver alejarse a Meredith con la niña, pero ese sentimiento se tornó en miedo. No le tenía miedo a Santino en el plano físico, pero cuando él se puso en pie, ella se encogió.

—¿Cómo ha podido ocurrir esto, Kate?

—Santino, por favor, aquí no —le costaba hablar, pero empezó a caminar hacia la puerta.

—Kate…

Con Santino caminando tras ella, Kate se consumía de miedo. Echó a correr en medio del gentío alegre y ruidoso, rodeada sólo de su pesadilla y su dolor. Echó a llorar en cuanto cruzó la puerta, se detuvo un segundo para tomar aliento y después siguió caminando, pero Santino la alcanzó antes de que pudiera recomponerse.

—Por favor, Santino, por favor —le hacía daño en el brazo.

—Vamos a dejar una cosa clara —la miró a los ojos lleno de rabia—. Francesca es mi hija.

No era una pregunta, sino una declaración de principios, orgullo masculino.

—¡Desde luego que lo es! Cualquiera puede verlo —Kate también tenía su orgullo y no iba a dejar que se cuestionara la paternidad de su hija.

—Y tú lo sabes desde hace cuatro años. Cinco, más bien —Santino resopló y apartó la mirada de ella, como si no pudiera soportar su presencia. Siguió caminando hasta llegar a la sombra de un viejo árbol, y entonces se dio la vuelta para espetarle, lleno de veneno—. ¡No puedo creerlo, Kate! ¡No puedo creer que me hayas hecho esto!

Kate nunca había oído una voz tan transformada por la emoción ni un rostro tan herido, así que tuvo que apartar la mirada de él. Santino había perdido la confianza en las mujeres; nunca hasta ese momento le pareció tan posesivo ni tan intimidante. Se dio cuenta entonces de la terrible amenaza que representaba para la única alegría en la vida de Kate: Francesca, y que esa amenaza no cesaría hasta que ella lograra una forma de aplacarlo.

—Te he hecho una pregunta y estoy esperando tu respuesta, Kate. Pero imagino tu respuesta, imagino que inventarás una excusa.

—Si me dejas explicarte… –intentó ella–. Por favor, Santino, escúchame.

—¿Para que me cuentes más mentiras? Estoy harto de escuchar mentiras, Kate. Ahora eres tú la que debe escuchar –bajó la voz y su tono se volvió amenazador–. Me debes la verdad.

—Sé que te lo tenía que haber dicho antes, pero…

—¿Pero qué? –su voz era cortante como el cristal–. ¿Cuánto tiempo llevas en Roma? ¿Cuántas oportunidades has tenido de decírmelo? Podías habérmelo dicho hoy, podías habérmelo dicho hace cinco años si hubieras querido.

—Tenía dieciocho años.

Él soltó una carcajada.

—No pongas tu edad como excusa. Eso no te impidió irte a la cama conmigo, y por lo que recuerdo, no tuve que echar mano de mi capacidad de persuasión –tomó aire y miró hacia arriba como si esperara encontrar la respuesta en el cielo.

Kate sabía que nada de lo que dijera aliviaría la rabia de Santino, y también sabía que su hija era lo único que tenía en el mundo. Quería mucho a Caddy y a Meredith, pero el vínculo entre madre hija era incomparable a ningún otro. Por eso tenía que encontrar un modo de aplacar a Santino, pues corría el riesgo de perder a Francesca.

A pesar de las duras palabras de Santino, ella aún deseaba contarle muchas cosas, pero tal vez algunas se las callara para siempre. Por otro lado, no tenía sentido hablarle a un hombre que no quería escuchar; lo que tenía que hacer era pensar en Francesca, en la suerte que tenía de tenerla, y no mirar al pasado por lo que había perdido.

–¿Dónde vas? –preguntó Kate cuando Santino empezó a andar, aunque ya lo sabía. Por eso echó a correr tras él y lo agarró por la manga.

–¡No trates de evitar que vaya con mi hija! ¡Apártate de mí!

Sabía que ya no había lugar para ella, ni en su empresa ni en su vida, pero no iba a darse por vencida.

–Santino, por favor, sé lo dolido que estás, pero tenemos…

–¿Tenemos? ¿Nosotros? Tú y yo no tenemos nada, y espero que no creas que confiaré en ti para tomar ni la más mínima decisión que concierna a mi hija.

Kate no podía controlar el temblor.

–Tienes que escucharme, Santino. No tienes opción.

–¿Cómo?

–Yo soy la madre de Francesca.

–Ya, comprendo –declaró él con sorna–. Y, como todas las madres, piensas sólo en ti misma.

Su comentario dejó a Kate confusa, pero como él siguió andando, ella echó a correr tras él sin darle más vueltas.

–Como todas las mujeres, crees que puedes mentir y engañar sin que eso te pase factura, ¿no, Kate?

Su crueldad dejó a Kate en un estado tal que, en lugar de sentir miedo, se veía en una posición en la que no tenía nada que perder.

–¿Es eso lo que le dirás a Francesca cuando crezca? –la voz de Kate era triste y por primera vez notó que Santino se agitaba incómodo–. Me has preguntado cómo pasó esto –empezó ella a decir, con todo el dolor de su corazón, pero sabiendo que tenía que hacerlo por su hija–. Cuando mis padres supieron que estaba embarazada, me echaron de casa. Mi tía me acogió…

–¿Y ni aun entonces te planteaste buscarme? –le reprochó Santino– No, por qué me lo ibas a decir… habías asumido que yo era el peor tipo del universo. Decidiste que te daría la espalda y no me diste una oportunidad.

Kate pensó si habría debido contarle a Santino lo de Francesca cuando estalló el escándalo de la última mujer a la que llevó a los tribunales por acusarlo de ser el padre de su hijo. Si debiera haber expuesto a Francesca a las repercusiones que tendría el verse en los periódicos. Si debiera haber pedido ayuda a un hombre al que no conocía. ¿Cómo podía arriesgarse a que Santino quisiera quitarle a Francesca y le diera la espalda después a ella, como le habían hecho sus propios padres?

Kate seguía pensando que había hecho lo correcto, y que lo había hecho por la estabilidad de su hija, así que no le pediría disculpas a nadie por eso.

–No creí que tú estuvieras interesado en saberlo, así que tomé la única decisión en mi mano dadas las circunstancias.

–Tomaste decisiones que no tenías que haber tomado tú. Me juzgaste. ¿Quién eras tú para decidir que yo no debía saber nada de mi hija? Tenía derecho a saberlo y ella tenía derecho a saber que yo soy su padre. Deberías haber tratado de encontrarme de inmediato. Deberías haber buscado un abogado que llevara el caso a los tribunales de Roma.

–¿Qué? –Kate no podía creer lo que él estaba diciendo–. ¿Estás sugiriendo que una madre soltera, sin dinero ni influencias, tendría que haberse aventurado en el sistema judicial italiano? ¿Es que no puedes entender que mi único interés era mantener segura a mi hija?

–¿Y es que eso le hubiera hecho daño? –la expresión de Santino se volvió más oscura que nunca–. No paras de dar excusas, pero lo único que veo es que nos engañaste a mí y a mi hija, y…

–¡No fue así! –Kate estaba dolida por las acusaciones de Santino–. No te conocía, no sabía qué tipo de hombre eras…

–¡No tuviste tantos escrúpulos hace cinco años en mi cama!

Los dos se pusieron tensos al ver que Caddy salía a buscarlos.

–Diane Fox –recordó Santino–. Tenemos que volver dentro y aparentar que todo es normal. Nos presentaremos como si nada hubiera ocurrido.

–Santino, no puedo…

–¡Pues debes hacerlo!

Como sabía que tenía razón, Kate aceptó. Lo último que Francesca necesitaba era que todo el mundo supiera que Santino Rossi y Kate Mulhoon tenían un turbio pasado en común. Por eso, cuando Caddy les hizo un gesto con la mano, los dos entraron en el restaurante y saludaron a todo el mundo con profesionalidad y calidez. A Kate le agradó la primera impresión que recibió de Diane Fox, la nueva directora.

Kate mantuvo la sonrisa durante varias horas, charlando animadamente con todo el mundo y haciendo como si le interesara lo que le contaban, pero su mente estaba puesta en Santino. No paraba de decirse a sí misma que nada había cambiado, que Santino no podría quitarle a Francesca, pero cuando se giró buscando con la mirada a Caddy y a Meredith, vio que Santino se dirigía hacia ellas. Francesca estaba despierta y Santino la tomó de la mano para llevarla a unas sillas más apartadas y tener una conversación privada con su hija. Los dos hablaban animadamente y parecían disfrutar de la compañía del otro. Meredith los miraba de cerca, sonriendo, ajena a la amenaza que podía estar cerniéndose sobre ellas.

–Y entonces me caí… –estaba diciendo Francesca cuando Kate llegó junto a ellos, pero al verla fue a arrojarse a sus brazos–. Mamá, ese poni malo me tiró –le explicó, apoyando la cabecita sobre el brazo de su madre.

Probablemente no hubiera sido nada, pues Meredith se lo habría dicho a Kate, en caso de haber sido una caída de gravedad, pero Santino la miró como si eso fuera la confirmación de que Kate no podía ocuparse de la niña. Abrazando con fuerza a Francesca, Kate se vio presa del pánico al pensar en una batalla en los tribunales por la custodia de la niña que no resultara como ella quisiera. Enterró la cara en el precioso pelo negro de su niña y la abrazó como si no fuera a soltarla nunca más.

# Capítulo 10

SANTINO miró su reloj.

–Francesca, es hora de irnos.

–¡Oh! ¿Nos vas a llevar al hotel? –gorgojeó Meredith, que obviamente no se había dado cuenta de cuál era la situación–. Es muy amable por tu parte, Santino.

–A mi casa –precisó él.

Meredith pareció asombrada y Kate sintió que la mirada de Santino le helaba la sangre.

–Por favor, no hagas esto –apremió Kate, pasándole la niña a Meredith–. Por favor, no discutamos acerca de dónde vamos a ir ahora –soltó una pequeña carcajada por la niña, pero sus palabras estaban llenas de una emoción que todos los adultos allí presentes podían reconocer.

Meredith parecía asustada, pero controló la situación diciéndole a la niña:

–Vamos, palomita. Francesca y yo iremos a buscar su abrigo mientras habláis.

La niña se alejó sonriente sin darse cuenta de la tensión que había entre sus padres.

–Santino, por favor –dijo ella en cuanto se hubieron retirado a un lugar más tranquilo–. No intentes quitarme a Francesca. ¿Es que no ves que es feliz? ¿Quieres disgustarla?

–Claro que no –dijo, y el gesto de su rostro era dulce mientras miraba a la niña alejarse.

Kate comprendió que algo terrible tenía que haberle pasado en su juventud para que reaccionara de ese modo, y pensó que tenía que encontrar el modo de llegar a su corazón.

—Francesca vendrá a casa conmigo —dijo Santino, pero aquel Santino no se parecía en nada al hombre del que ella se había enamorado ni con el que soñaba; aquél era un empresario despiadado, un guerrero que tenía que salir invicto de todas las batallas.

—Es una niña, Santino. No la hagas parte de esta lucha entre nosotros...

—Parece que no lo entiendes. Tengo que compensar cinco años, y quiero verla cuando se despierte por la mañana —en su voz, a pesar de la dureza de sus palabras, había una emoción que afectó profundamente a Kate—. No puedo creer que tú me digas eso... y tú te llamas a ti misma «madre».

Hizo que la palabra sonara tan fea que Kate supo que lo que más quería estaba bajo amenaza.

—Voy a estar con mi hija. Voy a verla en cada momento del día y de la noche, si lo deseo. Voy a tener una vida con ella. ¿O querrás negarme eso también?

—Santino, por favor —ella intentó agarrarle el brazo, pero él se apartó, como si no pudiera soportar su contacto—. Si se despierta y no me ve, o no ve a nadie conocido con ella, se asustará. Por favor, deja que me quede con ella por la noche y mañana te la llevaré.

—¿Igual que hiciste hace cuatro años? ¿Cómo voy a confiar en ti?

—Santino, no me hagas esto —pidió Kate, casi sin fuerzas—. Otra vez no... te lo suplico, no me quites a mi niña. Ella es todo lo que tengo...

—Entonces ya tienes más que yo —le aseguró él con frialdad—. Ahora, quita tus manos de mi chaqueta.

—Lo siento —dijo ella, y se apartó.

–Más lo sentirás –le prometió Santino.

Kate fue tras él, aterrorizada al pensar que él nunca volviera a confiar en ella.

–No puedo culparte…

–¡Ahórrate tu compasión! –la apartó y siguió caminando.

–¡Soy yo la que implora compasión! ¡Es por nuestra hija, Santino, por lo que te suplico!

–Te estás poniendo en ridículo –le espetó él dándose la vuelta con brusquedad–. Compórtate antes de que alguien se de cuenta. Y apártate de mí.

Pero Kate no podía hacer algo así. Kate se quedó de pie mirándolo. Un par de personas los observaron un momento, pero aquél era el mundo del cine, y los espectáculos como aquél eran casi pan de cada día.

–No vas a llevártela de mi lado… no puedes…

–Kate, voy a pedir la custodia de Francesca –la voz de Santino sonaba diferente–. Si quieres ver a tu hija, tienes dos opciones: o la ves en las vacaciones, o te trasladas a Italia para estar más cerca de ella, pero no pienses por un momento que se me pase por la cabeza el perder esta batalla. Ningún tribunal del mundo me quitará la razón cuando señale la irresponsabilidad de la madre de Francesca, desde el día que nos conocimos hasta ahora, dejando a la niña a cargo de una tía anciana… –cuando vio que ella abría la boca para hablar, levantó la mano–. Sí, Kate, todo lo que dicen de mí es cierto. No me paro por nada cuando quiero algo, y en lo referente a mi hija, no puedes esperar lo contrario.

–Eres un monstruo –logró articular Kate.

–¿Un monstruo? –Santino pareció encontrar divertida la acusación–. Vamos, Kate… cualquier juez verá que soy un padre que quiere cuidar de su hija y recuperar el tiempo perdido que la madre le robó.

Al oír sus palabras, Kate se vio derrotada de antemano.

–Ahora –le dijo–, recuerda que aún trabajas para mí. Llama al hotel –resopló con impaciencia al ver que ella no respondía–. Por Dios, recompónte. Voy a despedirme de Diane Fox. Tú, mientras, llama al hotel. Pídeles una suite con dos habitaciones, una de ellas con dos camas.

–¿Al hotel?

Ella lo miró y Santino vio el dolor que reflejaba su mirada. Aún no se había repuesto de la noticia de que él intentaría quedarse con la niña, pero no era momento de compadecerse.

–Diles que es para mí y que necesitamos…

–¿Necesitamos? Creía que no existía «nosotros».

–La habitación con dos camas es para ti y para Francesca. La otra, para mí –al ver que su mirada parecía esperanzada, añadió–. No lo hago por ti, Kate, sino por la niña. Haré que la separación de ti sea poco a poco.

–Te lo agradezco mucho.

Su insolencia lo enfureció, pues con eso quería decir que ella no se rendiría y que prolongaría la tortura todo lo posible.

–Dudo que el hotel esté lleno –dijo ella, recuperándose poco a poco–. Llamaré para reservar.

–Recuerda decirles que es para mí.

Por supuesto, para el *signor* Rossi, la suite estaría dispuesta sin problemas.

Cuando Kate colgó, se volvió hacia Santino para suplicarle por última vez.

–Eres el padre de Francesca, Santino. Hay un vínculo entre vosotros que nada ni nadie podrá romper, ni siquiera yo. ¿Es que no puedes verlo?

–¿Has llamado al hotel?

–Por supuesto.

–Será mejor que vayas a hablar con Meredith y Cordelia y les expliques la situación.


La suite era impresionante. El gerente del hotel no dudó en explicarle a Kate que se trataba de la suite presidencial, que por una coincidencia estaba libre…

Kate empezaba a tomar consciencia de quién era Santino y de su poder. Francesca dormía tranquila en la cama de al lado cuando Kate apagó la luz, pero podía oír a Santino caminando en círculos en la habitación contigua.

La niña no se había enterado de qué ocurría; sólo sabía que le parecía divertido dormir junto a su madre, con su padre en la habitación de al lado, y ahí lo dejaría Kate.

Kate miró a su hija en la oscuridad, decidida a que fuera siempre su prioridad. No había habido hombres en su vida, porque lo único que a ella le interesaba era su hija. Sólo esperaba que Santino comprendiera alguna vez el vínculo que existía entre una madre y su hijo.

Kate se preparó para pasar una noche larga en vela, pues sabía que Santino estaba a su lado, pensando en la estrategia a seguir a partir del día siguiente, cuando reuniría a su equipo de abogados para convertir sus amenazas en realidad.


Como esperaba, Kate durmió poco. Con la primera luz del día abrió los ojos, pero Francesca estaba ya despierta jugando con su osito.

–¿Teddy tiene hambre? –le preguntó, intentando aparentar normalidad.

–Sí, se está enfadando –dijo la niña, poniéndose el osito contra la oreja.

–Vamos a darle algo de desayunar.

Kate acababa de levantarse cuando oyó que llamaban a la puerta.

–¿Quién es, mamá? ¿La tía Caddy?

Tal y como había imaginado, su hija en un ambiente extraño para ella, recurriría a lo que le era familiar.

–¿No recuerdas quién vino a verte ayer? –susurró Kate, temerosa de que Santino la oyera.

–¿Quién?

Kate podía haber sentido deseos de sonreír triunfante en ese momento, pero no fue así. A pesar de todo lo que él le había dicho el día anterior, ella aún lo quería, y sabía que sería para él una decepción que Francesca no lo recordase, así que dijo.

–¡Un momento!

Por no hacerle daño, por su hija y por el amor que sentía por él, Kate comenzó una pequeña función:

–¿Sabes quién está al otro lado de la puerta, esperando para verte?

Francesca se quedó un momento en silencio y después dio un respingo a la vez que gritaba:

–¡Mi papá!

–Eso es, cariño.

Kate sabía que tenía que dejar ir a Francesca, y que ella volvería si quería, pero le partió el corazón verla salir corriendo por la puerta.

Poco después, desayunando en el comedor de la suite, ni el observador más perspicaz habría sabido distinguirlos de una familia normal. Kate sabía que, al igual que ella, Santino tampoco había dormido bien, pero hablaba con calidez a los camareros y reía con su hija.

–Tengo que enseñarte lo bien que monto, papá.

–Qué buena idea. Tengo una casa en el campo, cerca de Roma…

–¡Una casita como la de la tía Meredith! –Francesca dio palmas emocionada–. ¿Podemos ir hoy, papá? ¿Tienes caballos?

–Pues sí –confirmó él, mirando a Kate, pero sus ojos eran fríos y su gesto, de desagrado.

Si iban a la casa de Santino sabía que eso le traería sufrimiento, pero tal vez también le daría más tiempo para pensar qué hacer.

–Puedo llamar a Caddy y ver si puede pasarse hoy sin mí. Y después, le diré a Meredith que si quiere acompañarnos… –Kate esperaba que hubiera quedado claro que donde fuera Francesca, iría ella, hasta que se lo impidieran por medios legales o por la fuerza.

–Muy bien –accedió Santino después de unos segundos de tenso silencio.


El Range Rover que Santino había pedido, acababa de cruzar unas verjas enormes, y avanzaban tranquilamente por un camino de tierra bordeado de cipreses.

Kate iba delante, con Santino, y Meredith y la niña, detrás. Santino hablaba animadamente con ellas, pero no con Kate. Ella se decía que lo más importante era no sentirse derrotada en aquel punto, pero después de lo que había ocurrido, no podía estar más atemorizada. Por suerte, Caddy le había dicho que Diane Fox quería llevarse a los actores de retiro para explicarles su visión de la película, y Kate casi saltó de alegría, pues eso le dejaba libre.

–Cuando giremos en esa curva, veréis mi casa –dijo Santino.

Sonreía mientras miraba por el espejo a Francesca y a Meredith, pero cuando su mirada se encontró con la de Kate, ésta desapareció.

Meredith parecía ajena a la tensión que flotaba en el ambiente a su alrededor, y no paraba de hacer preguntas sobre la casa y la propiedad. Santino explicaba animadamente que se trataba de una casona que había sido propiedad de una familia durante muchos años, y que él había comprado recientemente, para su «dinastía». Meredith echó a reír y contagió a Francesca. Sólo Kate permaneció en silencio.

El abismo entre ellos era más profundo que nunca. ¿Cómo podía ella competir con todo eso? Siempre había sabido que Santino era un hombre rico, pero aquello no podía imaginárselo. Y Francesca, que veía el mundo a través de sus ojos infantiles, ¿cómo no iba a quedar impresionada?

Kate empezaba a sentirse atemorizada, pero hasta Meredith charlaba animadamente, entusiasmada y abierta a nuevas ideas, como *llevar a Francesca a Roma con el mínimo pretexto*.

–¿Qué os parece? –preguntó Santino cuando aparecieron frente a ellos los altos muros de piedra de la «casita de campo».

Meredith y Francesca se quedaron boquiabiertas. Aquello no tenía nada que ver con una casita, y sí con una mansión.

–Es muy grande, papá –observó Francesca–. ¿Los caballos viven dentro?

Desde luego, había sitio de sobra para ellos, pensó Kate.

–No –fue la respuesta de Santino–. Los caballos viven detrás del *palazzo,* en el establo. ¿Quieres que vayamos allí directamente?

Los gritos de emoción de Francesca fueron una respuesta suficientemente clara; cuando Meredith se unió al coro, Kate fue la única que se quedó fuera de la diversión y del club de fans de Santino Rossi.

Cuando detuvo el coche, Santino fue directamente a abrirle la puerta a Francesca. Eso siempre había sido tarea de Kate, preocupándose de soltarle a la niña el cinturón de seguridad y de cuidar que no tropezara al saltar al suelo.

–¿No es adorable verlos juntos? –dijo Meredith, junto a ella.

Tal vez, pero aunque Kate sabía que cada minuto que pasaran juntos, serviría para estrechar lazos, se le partía el corazón al verlos andar juntos de la mano, sin ella. Se repetía una y otra vez que tenía que tener buenos sentimientos y alegrarse por su hija, pero lo que más le gustaría sería estar a kilómetros de allí con ella, donde Santino no pudiera encontrarlas.

Cuando acabaron la visita a los establos y volvieron junto a Kate, Santino preguntó a Francesca:

–¿Qué te ha parecido?

–Bien –arrugó una ceja–. Pero todos son muy grandes para mí.

–Es verdad… –Santino hizo como si pensara en ello–. Es una pena que no tenga un poni, porque podríamos haber ido a montar juntos.

–¿De verdad?

Francesca abrió los ojos como platos y Santino miró a Kate por encima de la niña. Si aquello era una amenaza, había surtido efecto, pensó Kate. No necesitaba intimidaciones para darse cuenta de que él podía ofrecerle una infinidad más de cosas que ella, y Francesca era demasiado joven para comprender la política del amor. Lo único que Francesca sabía era que todo lo que había soñado lo tenía a su alcance con su recién descubierto padre.

–Esta tarde iremos a remar al lago –le dijo Santino a Francesca–. ¿Te parece bien?

–¿Un lago? ¿Aquí? –Francesca saltaba de alegría.

–Pero mientras, Meredith y tú podéis ir a ver a los cachorritos mientras mamá y yo charlamos un poco.

–¡Cachorritos!

Francesca no podía estar más contenta, pero Kate vio que los ojos de su tía estaban llenos de preocupación. El tono de voz de Santino había cambiado ligeramente al referirse a Kate, y eso debió darle la pista de que las cosas no iban tan bien como ella creía.

# Capítulo 11

MIENTRAS caminaban hacia la casa, la inquietud de Kate iba creciendo en la misma medida en que cada vez Santino se sentía más cómodo. Santino actuaba como el anfitrión perfecto con la niña y con Meredith… ¿Podía haber algo más maquiavélico?

Kate se sintió agradecida cuando Francesca acudió a tomarla a ella de la mano cuando entraron en la casa.

Santino cruzó primero el umbral, seguido por Meredith, que enseguida empezó a admirar los cuadros y la decoración. Kate se sentía deslumbrada por tantas cosas bellas, también intimidada por el grado de riqueza de Santino.

—La verdad es que nada de esto lo he puesto yo aquí. Compré la casa ya decorada —comentó él.

Compró la casa tal cual igual que creía poder comprar una familia tal cual, pensó Kate con amargura.

Francesca fue a acariciar dos leones de tamaño real en piedra que guardaban la escalera, y Santino le sugirió que les pusiera nombres, pues ahora eran sus leones. Ese episodio hizo que los sentimientos e Kate se transformaran en algo oscuro de lo que no podía estar orgullosa; en rabia y resentimiento, que cada vez le costaba más ocultar.

Después de eso, Francesca fue de la mano de Santino durante todo el recorrido por la casa, pero Kate decidió que no la dejarían a un lado, y no se alejó de ellos. Los sirvientes que salían a saludarlos sonreían amablemente ante la imagen de la familia feliz. ¿Qué les habría dicho Santino? ¿Sería ella la única que adivinaba que se avecinaban nubes negras?

Santino era amable con todo el mundo, pero no la había mirado ni una sola vez. Estaba claro que tenía dos caras, pero Kate no podía culparlo por eso, pues era lo mejor para Francesca. Además estaba ese invisible vínculo que los unía a los dos, lo quisieran o no, que ella sintió desde el primer momento en que lo miró, y que era lo que les permitía adivinar los pensamientos e intenciones del otro, pero en aquel momento a Kate eso no le venía nada bien.

La última parada de la visita fue el invernadero, que corría a lo largo de una de las alas del edificio. Allí dentro había una jungla en miniatura, con una enorme fuente desde donde caía una cascada. Los cachorritos que había mencionado Santino corrían por allí a su aire. Una puerta corredera daba a una pradera, y entonces fue cuando Santino sugirió que Francesca y Meredith fueran a jugar con los cachorros mientras él hablaba con Kate.

Kate sintió un escalofrío cuando Santino la condujo de nuevo al interior de la casa. A ella no le interesaba la decoración, y sabía que era muy poco probable que volvieran a invitarla al *palazzo* de nuevo. Además, se sentía fuera de lugar en aquellas salas donde se oía el eco de sus pisada, tal vez las mismas donde otras mujeres se habían enamorado de los ricos miembros de la familia que allí vivía.

Era el momento de luchar por su hija en un lugar donde se sentía en desventaja, un lugar donde se sentía impresionada por lo que Santino tenía.

–Por aquí… –indicó él con voz gélida, conduciéndola a una sala junto a la entrada.

La sala era preciosa, con cortinas de seda y alfombras Aubusson en tonos pastel. Las ventanas daban al lago y se oía a los gansos llamándose unos a otros.

–Están en la isla –dijo Santino secamente–. No podrán acercarse a Francesca.

–Francesca sabe que tiene que tener cuidado con los gansos; Meredith tiene en la granja… son mejores guardianes que los perros… –le tranquilizó ella, pero la atmósfera de aquel lugar le hizo darse cuenta de que no era momento ni lugar para una conversación normal.

Santino estaba junto a la ventana, en silencio. Cuando por fin se volvió hacia ella, Kate se quedó asombrada al ver sus labios apretados.

–Cinco años, Kate… Cinco años de la vida de Francesca, eso es lo que me has quitado.

Eso nunca podría remediarlo.

–Os lo he robado a los dos –dijo Kate, mirándolo fijamente. No iba a pedir clemencia cuando estaba claro que era culpable. Les había robado a Santino y a Francesca lo más básico: el saber de la existencia del otro.

Santino la miró de tal manera que Kate supo que estaba intentando luchar contra su ira.

–No puedo creer que confiara en ti. No puedo creer que le diera las gracias al destino por haberte traído de nuevo a mi lado. Fui un idiota. No tenías ninguna intención de decirme que tenía una hija; el único motivo por el que viniste a Roma fue Cordelia. Me engañaste y me quitaste a mi hija, y ahora deberás pagar por ello.

–Pensaba decírtelo.

–¿Cuándo, Kate? –la voz de Santino era cortante–. ¿Cuándo pensabas decírmelo?

–Cuando te conociera mejor... Cuando supiera qué clase de hombre eres, y qué clase de padre serías para Francesca.

–¿Así que tú eres mi juez ahora?

–Ya la has visto. Es una criatura indefensa... No pretenderías que la pusiera en manos de un hombre al que no conocía.

–¿Me estás diciendo que me estabas poniendo a prueba? –le preguntó, incrédulo–. ¿Cómo te puedes cuestionar mis habilidades como padre? No sabes nada de mí...

–En efecto –lo interrumpió ella–, y tenía que estar segura... Soy la madre de Francesca y mi deber es protegerla.

–Sí, eres su madre –dijo Santino, como si ésa fuera la mayor desgracia de su vida.

–¿Es que querías que me presentara ante ti con dieciocho años para suplicarte que reconocieras a Francesca? ¿Qué me hubieras dicho en ese caso? ¿De qué me habrías acusado? Recuerdo el caso de esa otra chica...

–Otra mentirosa –interrumpió él.

–No me compares con esa mujer. Yo no he mentido nunca.

–Pero tampoco dijiste la verdad.

Lo que él no sabía era hasta qué punto eso era cierto. Kate lo miró pensando en lo que le había dado una noche de pasión adolescente y un sueño equivocado: el regalo más grande del mundo. Pero, por otro lado, lo que él le había dado estaba a punto de quitárselo del modo más cruel.

La risa de Francesca jugando en el jardín la sacó

de sus pensamientos. La niña corría persiguiendo a los perritos, y Meredith la seguía de cerca para que no le pasara nada.

—Es una buena mujer…

La voz de Santino la apartó de su contemplación. Una vez más, había leído sus pensamientos como un libro abierto. Pero aquello no tenía sentido… era una cualidad desperdiciada para ellos.

—Tienes suerte.

—¿Suerte? —ella lo miró asombrada.

—De tener a Meredith. De tener una familia.

—Ahora tú también tienes una familia —le recordó ella.

—Y para asegurarme de eso le he pedido a mi abogado que viniera —el tono de Santino cambió en cuestión de segundos, como si no pudiera soportar ni un minuto de paz entre ellos—. Mientras comes con Francesca y Meredith, yo iré a hablar con él, y después será tu turno

—¿Mi turno? —el pulso se le aceleró a Kate al oír su tono de voz y ver la expresión de sus ojos.

—Cuando hable contigo te explicará qué es lo que va a pasar. Mientras tú charlas con él, yo iré al lago con Francesca.

Santino le hablaba como si todo estuviera ya decidido, y sintió que se formaba un nudo en la garganta.

—Pero no hay nada decidido aún, ¿verdad?

—Es sólo una conversación preliminar.

Esa frase no tranquilizó a Kate, que sabía que lo que estaba diciendo en realidad era que aquél era el fin de la comunicación directa entre los dos. Aquello era el fin, o el principio del fin, y Kate no podía soportar el dolor. Se preguntaba también si sería posible que olvidara el amor que sentía por Santino.

–Cuando vuelvas a Inglaterra, quiero que busques el mejor consejero legal que puedas –continuó sin mirarla–. Quiero que estés bien aconsejada, y por supuesto, yo pagaré.

–Es muy generoso por tu parte, Santino –Kate tenía la garganta casi cerrada–, pero no necesito tu dinero.

–¿Orgullo, Kate? –se giró hacia ella–. Pensaba que Francesca era lo único que te importaba en este mundo. Creía que lo era todo para ti.

–Y lo es, pero yo me ocupo de mis gastos. Nunca he estado endeudada con nadie en toda mi vida.

–Acepta mi consejo y no dejes que el orgullo se anteponga a tus intereses.

–¿Y vas a decirme tú cuáles son mis intereses?

–Intento ayudarte –se encogió de hombros, sin calidez en su expresión–. Quiero que contrates al mejor. No quiero que se piense que te he arrollado.

–Entonces, se trata de tu orgullo.

–No es por eso. Por el bien de Francesca, no puede haber lugar a error en nuestro acuerdo. Los dos tenemos que saber cuál es nuestra posición.

–Yo sé cuál es la mía –y no permitiría a Santino dirigir su vida o la de Francesca sólo por ser poderoso.

–Estás reaccionando de una forma excesiva –le dijo él en tono gélido–. Deberías aprender a controlar tus emociones.

¿Era eso una amenaza? Aunque lo fuera, no podía quedarse allí callada sin decir nada.

–Tal vez tú puedas hacerlo, Santino, pero ésa es la diferencia entre nosotros –le espetó ella–. En lo que se refiere a Francesca, yo no puedo ser como un témpano de hielo. Me asustas cuando dices esas cosas,

Santino. No quiero que Francesca crezca y se convierta en una mujer fría y sin sentimientos, con mucho dinero en el banco y nada en su corazón.

Kate lo miraba apretando los dientes y eso le recordó lo mucho que se parecían. Pero las cosas habían llegado demasiado lejos como para pensar en reconciliaciones. No podía pensar en volver a perder a Francesca, aunque eso significara destruir a Kate.

–Y en cuanto a lo de hablar con tu abogado después de comer –continuó ella–, es algo inusual, pero te lo agradezco. Me gustaría saber qué tiene que decirme para estar preparada. Espero que me prepare toda la documentación para que me la lleve a Inglaterra.

–Me aseguraré de que así sea –Santino se dio la vuelta para marcharse.

El abismo que se abría entre ellos asustaba más a Kate que toda una legión de abogados; tenía que lograr atraerlo hacia ella, pero no sería confiándole sus más oscuros secretos y su más profunda pena... Podía probar con otra cosa.

–Francesca siempre supo que tenía un padre, Santino –le susurró ella cuando él estaba a punto de salir–. Nunca le mentí.

Lo había conseguido. Ahora tendría que quedarse y escucharla. El más pequeño detalle de la vida de Francesca era precioso para él.

–No le dije a Francesca que estabas muerto, aunque habría sido lo más fácil.

–¿Y qué le dijiste entonces? –presionó él.

–Que había perdido el contacto con su padre, pero que él la quería mucho y que un día volvería para encontrarse con ella.

–Le contaste un cuento de hadas…

–Le conté una verdad que ella podía entender y que no le haría daño. De ese modo no pensaría que nos habías abandonado o que me habías dado la espalda, como habían hecho mis padres.

–¿Y tengo que darte las gracias por ello? –le dijo con frialdad–. Kate, no intentaste buscarme cuando Francesca nació.

–Lo único que sabía de ti era lo que había leído en la prensa. Y ahora yo también trabajo para el mundo del espectáculo, y sé lo que hay aquí.

–¿Y creíste que yo podría ser alguno de esos millonarios pervertidos?

–Desde el día que supe que estaba embarazada, prometí que mi prioridad sería proteger a mi hija. Y fue una promesa para toda la vida, algo de lo que tú no sabes nada.

–No me diste la opción.

–Una madre no tiene opción.

–¿Y qué hay de la confianza y la honestidad? ¿Esas cosas no entran en la mente de una madre? –él ya sabía la respuesta que recibiría.

–¿Y soy la única que tiene que cargar con las consecuencias? Tú crees que lo sabes todo, Santino… supongo que sabrías también que yo era virgen.

Mentalmente, se quedó muy sorprendido, pero la declaración de Kate sólo consiguió enfurecerlo más.

–Y le tenías tanto cariño a tu preciosa virginidad que estabas deseando deshacerte de ella. Hasta el punto de que lo hiciste con un extraño.

–Y desde luego me equivoqué contigo.

–¿Es eso lo que le dirás a Francesca cuando sea mayor? –preguntó Santino, contento de ver que ella se quedaba pálida ante sus palabras–. Comeréis en la terraza con vistas al lago. Tu presencia allí está justificada únicamente para que la niña esté tranquila –su voz era gélida, como si no quisiera mostrar compasión, puesto que ella no la merecía–. Sugiero que te tranquilices antes de que Francesca te vea.

–Estaré tranquila, Santino –le aseguró Kate.

No se rendiría, y él lo supo al ver sus ojos llameantes. Santino se sintió enfadado con el destino por hacerle desear a una mujer como Kate Mulhoon, y por no poder confiar en ella ni en ninguna otra mujer para que fuera la madre de sus hijos.

No podía flaquear… las próximas horas eran cruciales para el futuro de Francesca.

Kate había aceptado que Santino era ahora parte de sus vidas, pero estaba decidida a no dejarle salirse con la suya. Cuando se encontrara con su abogado era de vital importancia que dijera las palabras justas y tomara las decisiones acertadas. Bajo circunstancias normales, eso no habría sido un problema, pues Kate era bastante cerebral, pero en aquella situación, con tanta carga emocional, su mente podía nublarse. Tenía que permanecer fuerte y serena en la que iba a ser la batalla de su vida.

# Capítulo 12

SEÑORITA Mulhoon…

A Kate le costaba concentrarse en las palabras del abogado de Santino y no mirar alejarse a Francesca de la mano de Santino, saltando alegre junto a él como si lo conociera de toda la vida.

Kate volvió a la realidad. El abogado hablaba un inglés perfecto y ella no podía acusarlo de estar siendo razonable. Le estaba hablando como si fuera su propio consejero, con amabilidad, pero Kate sentía que una parte de su vida se había perdido para siempre.

–Como pidió, señorita Mulhoon, he preparado toda la documentación. Deberá mostrársela a sus asesores legales cuando llegue a Inglaterra.

Kate dudó antes de tomar el sobre que el abogado le ofrecía. Ella no conocía a ningún asesor legal, pues nunca había necesitado sus servicios.

Le costaba creer que las cosas hubieran llegado a ese punto.

–Gracias –le dijo mientras pensaba que el abogado no habría tenido tiempo de preparar todo aquello si Santino no le hubiera llamado la noche anterior.

Una vez que Santino tomaba una decisión, actuaba de inmediato, y utilizaba sus encantos para salirse con la suya. Para él, Francesca debía ser el último trofeo, pero quería mostrar su «gracia» con la madre soltera de su hija concediéndola esa reunión con su abogado.

En cuando terminó la reunión, Kate fue a estudiar tranquilamente los papeles que le habían entregado. Se le empezó a pasar por la mente que al intentar proteger los intereses de su hija, había comprometido su posición. Ella no era débil ni tonta, y lucharía por el derecho de su hija de conocer a su padre y a su madre, y Santino era una tremendo enemigo sin piedad contra el que ella no tenía armas para luchar; ella era sólo un peón más en su tablero de ajedrez, y lo sacrificaría por una victoria mayor sin problemas a no ser que ella lograra llegar a él antes del momento de enfrentarse a un tribunal, donde sabía que no tendría ninguna oportunidad.

Revisando las fechas de los papeles, Kate no encontró nada malo. Las fechas de visita le parecían perfectamente razonables. Pero entonces… tal vez Santino tuviera razón y ella estuviera reaccionando de forma excesiva… tal vez las cosas no fueran tan mal.

Al mirar por la ventana vio el bote de Francesca y Santino acercándose a la orilla. El viento de la tarde les revolvía el pelo… el mismo pelo. Francesca era toda su vida, pero también Santino; Kate lo amaba tanto que por muchas cosas malas que le hiciera, ella nunca podría dejar de amarlo. Pero para él… ella para él no era nada.

Kate se levantó con la mandíbula apretada. No se quedaría en la casa con la cabeza gacha. Si su niña estaba divirtiéndose el jardín, ella quería acompañarla. Ya miraría la documentación más tarde.

Cuando Kate llegó junto al lago, Santino estaba ayudando a Francesca a bajar del bote. En cuanto la vio, Francesca corrió a los brazos de su madre, y Kate la levantó en brazos dándole vueltas. La niña estaba emocionada por todo lo que había visto y hecho, y Kate pensó en la cantidad de cosas que Santino podría enseñarle. Si su hija era feliz, ella lo era también, pero no podía mirarlo a la cara; no podía soportar su expresión de odio profundo hacia ella, y tenía el corazón tan dolorido que no podía soportar más golpes.

–¿Qué tal la reunión? –le preguntó, como estaba delante de Francesca, en tono agradable.

–Bien, gracias.

–Me alegro –respondió él, satisfecho.

Kate sabía que la maquinaria legal estaba en marcha y que no había vuelta atrás.

–Vamos –dijo Francesca–. Vamos a tomar un helado. *Gelato* –añadió, con orgullo.

Kate sonrió al oír la primera palabra en italiano de su hija.

–Chica lista. Pero creo que tu papá quiere estar contigo a solas –dijo Kate con toda la dulzura que pudo–. Tú y yo comemos helado juntas muchas veces, Francesca –a cada palabra Kate sentía que le clavaban un cuchillo en el corazón, y las lágrimas de decepción de su hija, no ayudaban.

–Hay helado para todos –las palabras de Santino tenían como objetivo restablecer la calma emocional, pues sabía reconocer los pensamientos de Kate y no quería verla perder los nervios delante de Francesca.

–No te preocupes por mí –la mirada serena de Kate tranquilizó a Santino–. Ya tomaremos helado tú y yo otro día. Tengo cosas que hacer –se giró sonriendo, pero odiándose a sí misma por causarle alguna decepción a su hija.

Pero la niña no aceptaba un no por respuesta y agarró a su madre de la mano. Después agarró a Santino y los tres estuvieron unidos.

Kate se dijo que tenía que mantener la farsa; si Santino podía hacerlo, ella también, pero por decidida que estuviera, le rompía el corazón. Ella había ansiado mucho más que eso.

Meredith los esperaba en el patio, junto a un carrito de helado, y Kate se sintió de lo más irritada al verlo. ¿Qué tenía de malo un sencillo cucurucho, o un bol de helado? No le gustaba el cariz que tomaría la vida de su hija en adelante.

A pesar de la buena temperatura del día, Kate no dejaba de temblar pensando en la reunión con el abogado. No cesaba de pensar que cualquier tribunal le daría la custodia de una niña a su madre; ¿Con quién iba a estar mejor un hijo que con su madre?

—Kate, vamos a hablar un momento.

Kate dio un respingo cuando Santino requirió su atención.. ¿Qué quería de ella? ¿Más amenazas? A pesar de todo, estaba deseosa de estar con él, deseosa de tener la oportunidad de llegar a su corazón.

Lo siguió al interior de la casa de nuevo con tal ansiedad que casi tropezó por el camino, pero Santino estaba allí para evitar que cayera, y el contacto con su cuerpo fue como una puñalada de recuerdos de intimidad con él.

Su corazón estaba listo para recibirlo de nuevo, pero tenía que dejarse de sueños sin esperanza y concentrarse en conseguir lo mejor para Francesca.

—¿Crees que Francesca es feliz?

Estaban en el estudio de Santino, cara a cara.

—Desde luego —le dijo Kate con total honestidad—. Eso es evidente para cualquiera… —pero al decir eso, pensó que tenía que tener cautela con sus palabras, pues cualquier cosa que dijera podía servirle a Santino para justificar que la niña se quedara en Roma.

−¿Y qué te parecen mis propuestas para los turnos de visitas? ¿Te parecen justas?

Justas… Kate pensó que aquello no era más que un acuerdo para dividirse el tiempo de Francesca entre los dos.

−Sí −dijo, insegura, deseando haber estudiado los documentos más a fondo. El deseo de estar con Francesca la había hecho descuidarse, y ahora se daba cuenta de lo mucho que podía costarle−. Parece justo.

−Bien. Ahora tenemos que organizarlo para que resulte lo menos impactante posible para Francesca.

¿Lo menos impactante posible? ¿Podía decirlo en serio? ¿Cómo una decisión tan precipitada iba a ser poco impactante? ¿Se le había ocurrido lo que le impactaría a ella? ¿De qué otro modo podía afectar a Francesca más que negativamente el que la sacaran de su ambiente? Santino no se daba cuenta de que toda la riqueza del mundo no daría tranquilidad a una niña a la que acaban de sacar de su hogar. Kate casi sintió lástima por él cuando la miró; estaba tan seguro de sí mismo, mientras que ella se sentía como si se hubiera abierto una sima a sus pies dispuesta a tragarla. Después de tantos años apartada de la vida social, había acabado enamorándose de un hombre que no la quería y cuya arrogancia amenazaba la felicidad de Francesca, y que parecía despreciar tanto a Kate en ese momento que no pararía hasta destruirla.

−¿Te consideras buena madre, Kate?

−Desde luego que sí −¿qué quería decir con eso?

−¿De verdad?

La voz de Santino la sorprendió. Sonaba seductora y le hizo bajar la guardia. Cuando se acercó a ella, Kate no fue lo suficientemente rápida alejándose de él, o no quiso hacerlo. El deseo de estar junto a él era demasiado irresistible, y cuando le agarró los brazos, sintió que se derretía.

Ella ladeó la cabeza para dejarle que la besara en el cuello. Tenía tantas ganas de creer que todo iría bien, que él se había compadecido de ella… El contacto de sus labios le inflamó los sentidos, haciendo que se le erizaran los pezones y que se le hiciera un nudo en el estómago.

–¿Más?

Ella sólo pudo gemir y suspirar, y Santino la acarició con las mejillas y su barba de dos días.

–Bésame, Santino… –las palabras surgieron de sus labios en un susurro. Si la besara, sabría que aún había esperanza…–. Por favor… –sus manos subieron por los brazos de él y, confiadas, buscaron el calor de su piel debajo de su camisa–. Bésame, Santino.

Él la rozó con los labios de tal manera que Kate perdió la fuerza en las piernas. Después la abrazó, soportando su peso. Era todo lo que ella había soñado, o más. Se sentía en una nube, volando hacia el corazón de Santino…

Él la dejó y se apartó.

–¿Así de fácil, no? –le dijo–. Así de fácil eres. Si crees por un momento que te permitiría tener la custodia de mi hija, es que estás loca. ¿De verdad crees que permitiré que la inocente conciencia de Francesca se contamine con una madre como tú?

Con un sonido de desagrado, salió de la sala.

Kate se quedó donde estaba un momento… escuchando el tic-tac del reloj de pared. No podía pensar, no se atrevía.

Por cansada que estuviera, por desesperanzada… no podía cejar; tenía que buscar a Santino y hacerle saber que no dejaría de defenderse de cualquier cosa que le propusiera que no fuera razonable, que en lo relativo al futuro de su hija, no se dejaría vencer.

Lo encontró en el salón, leyendo el periódico, como si nada hubiera pasado. Santino tardó el levantar la vista hacia ella, y cuando lo hizo, Kate notó que estaba tenso. Tal vez no había esperado que ella se recuperase tan pronto, o tal vez pensó que no se recuperaría en absoluto.

A pesar de su brutalidad, a Kate le latía el corazón con la misma celeridad que siempre que lo veía. Aquello era enfermizo, no tenía sentido, pero ella seguía amándolo. Al menos Francesca tenía el padre que siempre había deseado, se recordó Kate a sí misma.

—Quería confirmarte que consultaré a un abogado cuando llegue a Inglaterra… —de algún modo logró dar a sus palabras un tono de formalidad.

Santino se tomó su tiempo para bajar el periódico, y mientras, Kate empezó a temblar imperceptiblemente.

—¿Nos impedirás que nos marchemos de Roma? —dijo ella, pronunciando en voz alta su mayor temor.

—¿A ti? No.

—¿Qué quieres decir con eso? —Kate sintió que se quedaba lívida.

Santino se levantó, con la clara intención de intimidar a Kate con su estatura.

—Francesca se quedará en Roma conmigo.

—No. No la dejaré aquí —la voz de Kate sonó fuerte y clara. No podía permitirse debilidades.

—Estos numeritos no ayudan a nadie, Kate. Está

claro que no te has leído los documentos a fondo o conocerías las fechas que he propuesto para que mi hija esté en Roma. Puesto que ahora está aquí, es perfectamente lógico que…

—¿Perfectamente lógico? –lo interrumpió Kate–. ¿Para quién?

Santino la ignoró.

—Que Francesca se quede y se acostumbre a su nueva vida.

Kate se quedó unos segundos en silencio.

—Francesca ya tiene una vida conmigo.

—Y ahora esta vida cambiará para acomodarse a la mía.

Tragándose sus temores, Kate preguntó:

—¿Así que ahora tomas todas las decisiones en lo referente a Francesca sin tenerme en cuenta?

—Acabas de hablar con mi abogado. ¿Qué más esperas de mí?

Sí, estaba claro que esa reunión sería una baza para él ante un tribunal.

—No he podido preguntar nada. Estaba irritada y confundida…

—¿Excusas?

Kate sacudió la cabeza; era cierto que no pensaba con claridad.

—Si hubieras leído el documento…

—¿Documento? Santino, estamos hablando de nuestra hija, no de un trozo de papel. ¿Acaso crees que la vida de Francesca se puede partir en trozos como una naranja?

—La decisión final la tomará un tribunal.

—¿Y te parece bien que sobre nuestra hija decida un juez que no la conoce de nada?

—Me parece mejor eso a que la decisión la tenga su madre.

—Entonces nos veremos en los tribunales, Santino —pero cuando Kate se giró, él se interpuso entre ella y la puerta.

—Si tratas de oponerte, te arrepentirás. Te lo aseguro.

—¿Me estás amenazando? —Kate lo miró a los ojos, pero parpadeó cuando él echó a reír.

—Te sugiero que te controles, Kate, o cualquier tribunal te considerará inestable e incapaz de ejercer de madre.

—Y yo te sugiero que te busques a otra persona a la que acosar, Santino, porque en lo referente a Francesca, no me dejaré intimidar. Ahora, ¿podrías apartarte de la puerta?

—Encantado.

Kate se detuvo en el umbral.

—No puedo creer que estuviera enamorada de ti. He tenido suerte de conocerte a tiempo.

Santino parpadeó y su mirada se volvió fría de nuevo.

—Y yo no puedo creer que te imaginara diferente del resto de las mujeres. Incluso llegué a pensar que teníamos una oportunidad…

—Tú lo estropeaste, Santino, y sólo espero que no le pases este lado de tu naturaleza a tu hija.

—¿Has terminado?

—No —Kate apretó la mandíbula—. Debes saber que acataré las decisiones de un tribunal, pero no dejaré que te impongas sobre mí, Santino, ni sobre Francesca. Ella y yo nos marcharemos este fin de semana, y la única manera que tienes de evitar que me la lleve a casa es encerrándonos.

–No te pongas dramática.

–No, ya veo que eso no te gusta. Supongo que no es el tipo de publicidad que mejor te viene.

–¿Amenazas con chantajearme?

–No creo que seas consciente de hasta dónde puede llegar una mujer para proteger a su hijo.

–¡Fuera! ¡Sal de mi vista!

Kate se estremeció al oír la puerta cerrarse de golpe tras ella.

Lo único que la mantenía en pie era Francesca, y Kate corrió a verla. Después de las cosas tan terribles que Santino y ella se habían dicho, tenía que asegurarse de que su hija desconociera la enemistad existente entre sus padres.

Kate encontró a Francesca y a Meredith en el jardín, y cuando la niña la vio, corrió hacia ella deseosa de mostrarle los cachorritos. Kate pensó que a Francesca le costaría dejar a los perritos pero, tal vez a Meredith no le importara tener otro perro…

Francesca se fue a jugar mientras su madre y Meredith se sentaban bajo una sombrilla. Apoyando la barbilla en la mano, Kate intentó apartar a Santino de sus pensamientos, pero apenas llevaba allí unos minutos cuando él salió de la casa. Ella intentó que su presencia no estropeara su momento de felicidad, y saludó a Francesca con la mano, que le devolvió el saludo. Eso era lo todo lo que ella necesitaba para seguir adelante, y cerró los ojos para quedarse con esa sensación.

Hacía una tarde estupendas, una de esas tardes en las que parece que nada malo puede pasar.

–Qué bien se está aquí… –Kate se quedó esperando la respuesta de Meredith y entonces se dio cuenta de que estaba sola con Santino.

–Meredith se ha llevado a Francesca dentro a descansar. Cenaremos a las seis para que Francesca no tenga que modificar sus horarios y después os quedaréis aquí a dormir.

Otra decisión que había tomado sin ella. Mientras, Kate luchaba para mantener la calma por el bien de su hija y por no dejarse arrastrar por el ritmo de Santino. Pero estaban lejos de Roma y Francesca se cansaba mucho en los viajes… no habría sido justo para ella hacerle volver.

En cuanto Kate estuvo de acuerdo con su plan, Santino se giró y se marchó. Meredith y Francesca, que se habían detenido unos minutos a jugar con los cachorros, entraron con él en casa, y Francesca lo agarró de la mano. Él la levantó en brazos y Kate sintió que se le llenaban los ojos de lágrimas; eran lágrimas de felicidad por su hija y también de tristeza porque nunca sería parte de la nueva vida de Francesca. Como no quiso imponer su presencia, se quedó atrás observando el jardín. ¿Cómo podía negarle a Francesca una herencia como aquélla?

Santino había mandado preparar para ellas las habitaciones con vistas a los establos y al lago. Francesca apenas podía contener su nerviosismo; nunca había estado en un lugar tan majestuoso en toda su vida.

Al ver a Francesca explorar su nuevo territorio, Kate pensó que su hija acabaría siendo una consentida, certeza que tuvo cuando vio por la ventana a

Santino en el jardín sujetando las riendas de un bonito poni blanco.

Kate se mordió un labio. El sueño de Francesca siempre había sido tener un poni. ¿Querría volver a Inglaterra con ella después de eso? Era otra vez el truco del carrito de helados… Allí todo era excesivo. Pero Santino era un maestro en los negocios… sólo estaba intentando averiguar cuál era el precio de Francesca.

Kate tomó aliento para evitar el ataque de pánico. Pensó que estaba lista para cualquier cosa, pero no pensó que Santino fuera a actuar tan rápido para asegurarse a Francesca. ¿Pero no haría ella lo mismo? ¿También Santino estaría hecho un lío como ella? ¿No debería alegrarse de que se hubiera responsabilizado como padre de Francesca? Además, Santino era novato como padre…

Pero por más que intentaba convencerse de que aquello era para bien, Kate no podía olvidar lo que estaba en juego.

—¿Podemos ir a ver el poni? —gritó Francesca después de mirar por la ventana.

—Claro —Kate sonrió a su tía; no quería estropearle el día a la buena mujer.

Francesca no podía quitarle los ojos de encima al precioso poni.

—¿Es para mí, papá?

Estaba perdiéndola. Kate sentía que perdía la cordura: no estaba perdiendo a su hija; sólo estaba viendo un poni en un establo.

—Se llama Beppo —dijo Santino.

Cuando Santino sonrió, a Kate se le aceleró el corazón, así que tuvo que recordarse que aquella son-risa no era para ella, sino para Francesca.

–Me encantaría tener un poni, papá –señaló la niña, mirando a Santino.

–¿Uno como Beppo? –Santino puso cara de estar reflexionando.

–Sí –Francesca estaba emocionada de que su pa-dre captara su indirecta. Incapaz de contenerse, mi-raba primero a Kate y luego a su padre–. ¿Beppo vive aquí?

–Está pensando si quedarse o no.

Kate sabía que a Francesca le estaba costando ho-rrores contenerse, y que Santino estaba a punto de hacer el negocio de su vida.

–Dices que quieres un poni como Beppo, Fran-cesca –le dijo él–. ¿Sabrías cuidar de él?

–Puedo aprender –dijo la niña, muy seria.

–Un poni requiere mucho trabajo… Necesita co-mida y agua todos los días, que limpien su establo, y también que lo cepillen.

Francesca bajó la vista mientras reflexionaba.

–Puedo buscar una banqueta para subirme en ella, y alguien puede enseñarme cómo hacerlo.

–Tal vez podamos arreglar eso… pero sólo si tu madre está de acuerdo.

Kate no podía estar más sorprendida, y no había tenido tiempo para recuperarse, cuando Santino aña-dió:

–Y aun así, Beppo no será tu poni hasta que yo esté convencido de que lo cuidas bien, Francesca. Y cuando estés en Inglaterra, tendrás que encontrar a alguien que se ocupe de él. Y si alguna vez lo descui-das…

–Oh, no lo haré –le prometió Francesca con fervor–. Y mamá estará aquí para decirme qué hacer, así que eso no pasará nunca.

Francesca no notó el silencio que siguió a su declaración, ni la tristeza en los ojos de su madre.

–Creo que Beppo y tú deberíais empezar a conoceros –Santino le pasó las riendas a Kate–. Dad una vuelta con él para ver qué tal. Después dejádselo al encargado del establo para que le eche un vistazo antes de decidir si lo compramos. Os veré en la cena.

¿Qué intentaba con aquello? ¿Ganar más puntos para impresionar al juez? Santino desapareció antes de que Kate tuviera tiempo de preguntarle qué pretendía con aquello.

–¿Podemos darle un paseo a Beppo por el jardín? –preguntó Francesca en ese momento, tirándole de la manga.

–Claro, cielo.

Santino había tenido un gesto conciliador con ella, dejándola intervenir en la toma de la decisión, pero ¿significaba eso que se había ablandado? ¿La amenaza había desaparecido? ¿O el poni era otro truco para ganarse a la niña? En algunas cosas, Santino mostraba ser un buen padre para Francesca, pero en otras… Kate suspiró. Había deseado tanto que aquello fuera una jugada del destino para que sus caminos volvieran a cruzarse… Pero Francesca era lo único que había en ese cruce de caminos, sólo ella. Pero eso era más que suficiente.

Kate tuvo que admitir que la actitud de Santino con el poni había sido mejor que la del carrito de helado, así que tal vez estuviera aprendiendo. No le había puesto las cosas fáciles a Francesca: si quería un poni, tendría que ganárselo.

–Suspiras, Kate –preguntó Meredith con ternura.

—Cuando algo se ha roto en mil pedacitos… ¿hay manera de recomponerlo? —le preguntó a su tía.

—Claro que sí, siempre que encuentres todos los trozos —respondió su tía, la eterna optimista.

# Capítulo 13

TÚ QUIERES a papá?
Si Kate hubiera querido censurar una pregunta durante la cena, habría sido ésa. Por suerte, Santino estaba preguntándole algo a uno de los sirvientes.

–Sí –le respondió a la niña con sinceridad.

–Entonces, ¿podemos quedarnos aquí y así me enseñas a cuidar del poni?

–Seguro que tu papá querrá enseñarte –a Kate se le estaba formando un tremendo nudo en la garganta. Sabía que a partir de ese momento tendría que ocultar a Francesca ciertas cosas bajo pequeñas mentiras para evitar que sufriera.

–¿Y no podéis enseñarme los dos?

–No creo que sea posible –explicó Kate–, porque el fin de semana, tú y yo volveremos a Inglaterra. Y la próxima vez que vengas aquí, vendrás sola para estar con tu padre.

–No –Francesca sacudió la cabeza–. Tienes que venir tú también. Y también Meredith.

Kate dudó sobre hasta dónde contarle a Francesca. Lo último que quería era tener una escena allí.

–Tu padre sabe más de caballos que yo –dijo Kate.

–Tú lo sabes todo –protestó Francesca, tozuda.

Era uno de esos momentos en los que, en condiciones normales, todos se habrían echado a reír, pero

Kate se sentía desgarrada por dentro. La partida se había puesto de su lado, pero no tenía ganas de disfrutar de su punto de ventaja. Santino era un padre ideal, pero aún era un extraño para Francesca, y por eso ella no quería estar completamente a solas con él. Al ver su mirada decepcionada, Kate adivinó que Santino no había previsto eso.

–¿Ayudaría que nos quedáramos un poco más de tiempo? –Kate se sorprendió de haber pronunciado esas palabras tanto como Santino de oírlas.

Pero, ahora que Francesca estaba con ella en Roma, no tenía motivos para volver corriendo a Inglaterra. Además, estaba mostrando que también ella podía ser razonable.

–Mi compañera podrá cubrirme unos días más en la oficina –continuó Kate–, y no tengo más motivo para irme. Por eso, si a ti te parece bien…

–Muy bien –aceptó Santino–. Si eso hace a Francesca feliz.. Iré a avisar al ama de llaves que os quedaréis más tiempo.

La frialdad de sus ojos era casi peor que su ira, pensó Kate mientras miraba a Francesca dar saltos de emoción, pero era demasiado tarde para cambiar de idea.

–Francesca, cielo, es hora de ir a dormir –dijo Meredith justo en ese momento, y la niña tomó su mano sin una protesta–. Así vosotros podréis hablar.

–Iré después a arroparte –le dijo Kate después de darle un abrazo.

–¿Con papá?

Kate dudó. Aquello no iba a ir a mejor, sino todo lo contrario.

–Claro que sí –confirmó Santino.

Kate había decidido que no dejará a Santino creer que huían de él.

–Espero que te parezca bien que me quede con Francesca… –dijo ella, en un intento de romper el hielo.

¿Parecerle bien? Era lo que siempre había soñado. Aquello era lo más cerca que había estado de tener una familia, pero por algún motivo, su sueño se había vuelto una pesadilla. ¿De qué se sorprendía? Para él, familia significaba pesadilla.

Kate lo miró preguntándose cual sería su herida; sabía que ahora, ella era la causa de un segundo mal para él.

–Comprende que no nos podemos quedar más. Tengo que buscar un abogado cuanto antes.

–Oh, comprendo –le dijo él–. Si quieres, puedo traer al abogado que elijas a Roma. Yo me ocuparé de los gastos.

Santino la dejó mirar por la ventana. Conocía las virtudes relajantes de ese paisaje. Para él, además, representaba lo lejos que había logrado llegar. Pero aquel día, ni la verde campiña podía calmarlo; no perdería a su hija después de haberla encontrado, y sabía que el único modo de luchar contra el sentimiento de pérdida era peleando, peleando duro.

–No quiero que mi abogado vea esto –dijo ella.

Santino pensó que no querría que ese abogado se dejara influir por su riqueza.

–Podría pensar que es una buena oportunidad para pedir una indemnización y sacar una parte, pero eso no es lo que yo quiero. Yo quiero la felicidad de mi hija –declaró ella.

No era la primera vez que Kate lo sorprendía; tendría que haberle agradado que la madre de Francesca no buscara su fortuna, pero en aquel momento, no quería darle tregua a Kate. No pensaba cambiar su opinión de ella por el momento, ni aun por los dos últimos gestos.

–¿Por qué tienes que ser tan difícil? –le preguntó él.

–Quieres decir que por qué tengo criterio y defiendo mis intereses... Yo soy así –Kate estaba decidida a no mostrar ni rastro de debilidad–. Una semana más, Santino, y después volveremos a Inglaterra.

–Francesca no ira a ningún lado hasta que no asegure mis derechos como padre –declaró él sin mirarla.

–¿Tus derechos? –Kate apenas podía respirar del miedo que le producían sus palabras, pero sus ojos tomaron un brillo de acero–. ¿Y qué hay de los derechos de tu hija?

–¡Precisamente! ¿No crees que aquí tendrá más oportunidades?

–¿Crees que Francesca se irá con el mejor postor?

–Espero que creas que no es eso lo que yo pienso.

Kate no lo creía, pero estaba desesperada. En Roma ella no tenía contactos ni influencia, y sabía que una larga batalla legal no beneficiaría a la niña.

–¿Y si firmara un contrato declarando que te garantizo acceso a la niña hasta que se tome una decisión judicial? ¿Eso te serviría? –le estaba ofreciendo una rama de olivo, pero veía que Santino sólo estaba abierto a sus propias sugerencias–. Francesca debe venir conmigo, y no hay nada que hablar al respecto, y pienso que será mejor hacer las cosas de modo amistoso, por su bien. Si tienes un contrato y mi firma compulsada por un notario, podrás estar tranquilo.

—Muy bien —dijo Santino por fin.

—Gracias —susurró ella, pero Santino apenas la escuchó.

Estaba aliviada, pero también era consciente que había accedido a una semana más de abogados y luchar cada centímetro de Francesca. Otra semana más sin garantía de que Santino al final las dejara marcharse juntas.

Kate siguió a Santino al interior de la casa temblando. Sentía que el abismo entre ellos se hacía cada vez más ancho y profundo, y que pronto tendrían que hablarle a Francesca de la relación que había entre ellos. Si lo dejaban mucho tiempo, la niña se creería engañada y traicionada en su confianza, y eso era lo último que Kate quería. No tenía más opción que volver a hablar con Santino y pedirle que fueran juntos a ver a Francesca para explicarle cómo estaban las cosas entre ellos. Si Francesca lo oía de los dos, le sería más fácil de asumir, y una vez hecho esto, podrían poner a los abogados en marcha.

Santino se quedó a la vez sorprendido e irritado cuando ella volvió a llamar a la puerta de su estudio. Se había encerrado allí para pensar en su estrategia y en la necesidad que tenía de aparcar la continua atracción que sentía hacia Kate, una mujer que le había mentido y traicionado su confianza, arrebatándole los primeros años de vida de su hija.

—¿Puedo hablar contigo un momento sobre Francesca?

—Pasa y cierra la puerta —dijo él. Tenía que reconocer su coraje al ir a verlo–. ¿Qué quieres? Creía que ya nos lo habíamos dicho todo.

No quería mirarla directamente, pero la luz de la tarde se reflejaba sobre su pelo y lo teñía de brillos dorados.

–Debemos estar unidos ante Francesca. Tenemos que ir a decirle lo que está ocurriendo…

–Siéntate –interrumpió él. No le gustaba que ella le dijera lo que tenía que hacer, como en el estudio, así que se colocó al otro lado del escritorio, para marcar su posición de jefe.

–Si me quedo más tiempo en Roma es para que puedas conocer mejor a Francesca.

–Muy considerado por tu parte.

–No quiero discutir contigo, Santino, pero… ¿no podríamos mantener a los abogados alejados de esto?

–No, para esto están precisamente. Así las cosas serán más fáciles.

Ella lo miró un segundo y, al darse cuenta de que era una causa perdida, se levantó.

Santino no hubiera sabido decir qué le sentó peor, si el que ella se fuera o el que él quisiera que volviera. Seguía deseándola. Había una conexión entre ellos que ninguno de los dos podía romper, y eso era lo que la retenía en la puerta.

Cuando ella se volvió hacia él, Santino sintió el inconfundible golpe de la atracción sexual que les había arrastrado a los dos como un huracán. Los ojos de Kate se oscurecieron y sus labios húmedos estaban entreabiertos. Cuanto más la miraba, más deseaba un poco de relax, pero su mente se empezó a llenar de imágenes de ella desnuda. Lo único que quería era olvidar los recuerdos dolorosos.

Pero su mente estaba llena de Kate, de sus pechos

llenos y sus pezones sonrosados que ya debían estar duros. Recordaba sus finas piernas, blancas y suaves bajo sus caricias. ¿Lo deseaba ella en aquel momento? ¿Lo deseaba tanto como él a ella? Podrían encontrar alivio en brazos del otro…

—No deberías haber venido, Kate.

Ella sabía que no debía escuchar sus palabras. Los ojos de Santino estaban oscurecidos y había un fuego en ellos que prometían calor, el calor que ella tanto necesitaba. Cerró los ojos para recordar aquel momento, y al tomar aire por la boca, recordó los besos de Santino.

—No quiero retenerte.

Su mirada era ardiente, pero su voz seguía siendo gélida. Santino había estado jugando con ella al gato y al ratón, probándole que tenía poder sexual sobre ella.

Tenía que mostrarse fuerte ante la atracción, tenía que aprender a no sentir nada por él, y así independientemente de lo que hiciera Santino, no podría volver a hacerle daño.

# Capítulo 14

CUANDO hubo arropado a Francesca, Santino fue a encontrarse con sus demonios. Fue a dar un largo paseo por los jardines para pensar en Kate para asegurarse a sí mismo de que ella no tenía poder sobre él. Tenía que saber que ninguna otra mujer en el mundo podría volver a herirlo.

La ira había sido su compañera desde la infancia, y esa ira se redobló al saber de la existencia de Francesca. Le inundó un sentimiento de venganza, pero le bastaba con mirar a los ojos de Francesca para olvidarlo y pensar sólo en ser el padre que ella necesitaba.

Pensó en el desastre que era su vida… en una joven con su familia en contra, abandonada a su suerte con un bebé en camino. No podía ni pensar en qué habría ocurrido si Kate no hubiera tenido a su tía Meredith. En ese punto, sintió un nudo en el estómago. ¿O era en el corazón? Sólo sabía que un mundo sin Francesca no tenía sentido para él.

Kate y él eran iguales. Ella también había sido abandonada y, como él, había salido adelante. Kate había hecho de Francesca el centro de su mundo y le había dado su coraje a su hija. Por eso Francesca era una niña feliz, algo que no había logrado reconocer hasta entonces. Pero eso no significaba que no fuera a ejercer todo su poder para quitarle Francesca a Kate.

Kate no había logrado quitarse a Santino de la mente. Intentó luchar contra la atracción que sentía por él, pero sólo lo consiguió al recordar el placer que sentía con cada contacto de sus manos o sus labios. No podía dormir, no podía descansar… lo único que deseaba era estar con él y compartir el momento más íntimo posible. No tenía nada que perder; la había herido tantas veces que no le importaba una más. Por eso salió en silencio de su habitación, caminó descalza por el pasillo y entró en la de Santino.

Se metió bajo las sábanas en silencio, buscándolo con la boca y con las manos, y encontrándolo.

–¿Kate? –él estaba medio dormido. Su voz sonaba somnolienta y sus movimientos, lentos, pero su libido estaba bien despierta. Kate había elegido el mejor momento posible, cuando sus defensas estaban bajas.

Él entró en ella sin dificultad, y se habría tomado un segundo para saborear el momento, pero Kate, febril, tenía otros planes.

Se echó sobre él, besándolo con toda la ferocidad que siempre supo que llevaba dentro. Santino se colocó encima, moviéndose sobre ella sin decir nada. Sólo había gritos y gemidos entre ellos, hasta que ella llegó por primera vez, y después, otra vez más.

–Ahora… ahora –le pidió ella con voz áspera, clavándole las uñas en los hombros–. Dame más…

Parecía insaciable mientras se revolvía debajo de él, sin vergüenza, levantando las caderas para lograr la máxima penetración posible, reclamándolo entero. Lo que buscaba era evadirse por completo mediante el placer, igual que él. Se habían fundido en un solo ser, y ella sabía que él era su esclavo.

—Más, más, Santino —le gritó, clavándole las uñas con crueldad. Le mordió y lamió su piel, apremiándolo a penetrarla más profundamente hasta que ella se incorporó brevemente y llegó al orgasmo una vez más, gritando, en medio de una inacabable marea de oleadas de placer.

La tensión de sus músculos arrastró a Santino tras ella, reclamándola para sí, uniéndose a ella hasta caer por fin jadeando en sus brazos.

Se sintió satisfecho e incluso relajado por primera vez en siglos, desde luego, por primera vez desde que la conoció. Mientras, Kate ronroneaba como una gatita contenta y lo abrazaba sensualmente con las piernas hasta acabar unidos de una forma más inocente que al principio.

—Esto no cambia nada, Kate —sintió Santino que debía advertirle.

Hubo un silencio y después se oyó.

—Ya lo sé…

Él no la creyó.


Se despertaron con el albor previo al amanecer. Habían dormido abrazados el uno al otro, como dos mitades de la misma persona, saciados por completo, pero mientras Santino acariciaba un mechón de pelo de Kate, encontró muy fácil entrar en ella. Ella se colocó para él, aunque Santino no estaba seguro de que estuviera despierta. Sí tuvo la certeza de ello cuando sintió su trasero buscarlo.

El placer era casi demasiado intenso al moverse rítmicamente en silencio, sabiendo que aquello era una aventura sin ataduras emocionales producto del mutuo apetito sexual. Cuando se hiciera de día, volverían a ser enemigos, pero en aquel momento estaban unidos de la forma más intensa que pueden estarlo dos seres humanos. Él nunca había sentido una excitación similar.

Ella tenía el pelo corto ahora, pero seguía balanceándose cuando se movían, reflejando la luz de la luna. Su cuerpo era suave y Santino dejó a sus manos disfrutar con sus curvas y sus sorprendentemente grandes pechos. Cuando se contuvo un momento, disfrutó al oír sus gemidos de decepción.

—¿Quieres que siga? —preguntó, sorprendido por sus ganas.

—Para siempre —susurró ella.

Al pensar en su cuerpo preparándose para él, Santino perdió el poco control que le quedaba, y con un agudo grito de satisfacción, volvió a perderse en ella.

Volvieron a dormirse, pero no por mucho rato. Él se despertó cuando sintió que ella le acariciaba la mejilla, áspera por la barba.

—¿Qué? —preguntó él.

—Eres muy guapo.

—Eso tenía que decirlo yo —repuso él, acercándose a ella.

—¿No quieres dormir? —bromeó ella, al sentir que él le acariciaba los muslos.

—¿Y tú?

Ella emitió un gemido gutural.

—¿Qué tienes en mente? —susurró, moviéndose sin descanso, deseosa de más.

—Saber si estás lo suficientemente recuperada

como para volver a empezar —y volviéndose de espaldas, la atormentó fingiendo que se retiraba.

—Pruébame.

Ella parecía tan vulnerable…

—¿No te arrepentirás?

—Nada de eso —sus ojos parecieron nublarse por un momento, pero enseguida se iluminaron—. No… quiero más… —y se movió con descaro para ofrecerle las delicias de su cuerpo.

—Pero primero…

—¿Primero qué? —protestó ella, temiéndose un retraso.

—Esto —susurró, e inclinando la cabeza, la besó en los labios.

Tenía que saborearla, que derribar esa última barrera y compartir el gesto más íntimo de todos. Cuando la besó, una emoción enorme lo inundó, y el beso ganó en intensidad. No había sentido nunca algo así, y no quería que acabara, así que paró antes de que pudiera con él.

Cuando se apartó, ella ya se estaba arqueando para recibirlo. Aquélla era la amante insaciable que tanto placer le daba.

—Encantado de satisfacer tus peticiones… —Santino sonrió contra sus labios y se perdió en su cuerpo, en el ritmo de sus dos cuerpos, como el de dos amantes que se conocen bien,

—Santino…

Ella suspiró su nombre contra su boca, de esa forma tan excitante, y él supo lo cerca que ella estaba. Para él era importante que experimentara más placer que nunca, que quisiera perder el control en sus brazos mientras él se dejaba llevar y se olvidaba de todo. Uno momento más tarde, ella gemía y se retorcía, y él la sujetaba frente a él para ver su cara de placer.

–Eres muy ansiosa –la castigó él en voz baja, sin dejar de moverse dentro de ella.

–Más no… acabado –jadeó ella.

Pero él siguió entrando, despacio al principio y aplicando más presión después, hasta que Kate abrió mucho los ojos y le clavó las uñas con desesperación en los brazos.

–Sí… Sí… Quiero más… No pares nunca…

Teniendo en cuenta las circunstancias, él estaba más que dispuesto a obedecer.


El sol teñía las cortinas de color dorado cuando Kate despertó con los besos de Santino. Estaba torturándola dulcemente en ese punto tan sensible entre la oreja y el cuello, y mientras, sus manos la acariciaban provocándole un placer indescriptible. Pero él no tocaba ninguno de los puntos más sensibles, y aunque ella aún estaba sensible después de sus anteriores atenciones, él aún quería más.

–Quiero más, Santino. Quiero más de ti.

–Aún no –sonrió él–. Y si me lo pides, menos–. advirtió cuando ella intentó guiarlo–. Yo decido cuándo.

Kate se rindió al placer de la espera. Santino le había enseñado que eso le traería más placer, así que le dejó lamer sus pezones mientras ella lo miraba, hasta que supo que no podía esperar más.

–Eres una bruja –murmuró él, sonriendo cuando ella le mostró lo que quería–. Sabes que no me puedo resistir a ti.

–¿Y hay algún motivo para que lo hagas? –se aferró a su cintura con las piernas, tentándolo, hasta que Santino la tomó de nuevo.

Con movimientos rítmicos y fieros, hablando en su idioma, Santino la poseyó hasta que Kate estuvo a punto de deshacerse en sus brazos. Así era como a él le gustaba verla: sin barreras, sólo la dulce Kate, la apasionada Kate, la amorosa Kate… Creía de verdad que ella era diferente de las otras mujeres con las que había estado, y también creía que podía seguir siendo de ese modo para siempre.

–Déjate ir –le apremió él.

Y ella obedeció.

Kate se despertó después de Santino, cuando él estaba en la ducha. Ella quiso preservar los recuerdos de aquella noche, el cambio que él había tenido hacia ella. Había descubierto que ella era lo que él quería, que quería una familia y que los dos querían lo mismo. Era como un milagro.

Con la nariz pegada a la almohada, Kate aspiró el olor de Santino. Ahora era su cama, y aquélla, su habitación. Ya podía imaginarse a Francesca con un bonito vestido color marfil, con un lazo de satén y forro de tul, una coronita de flores en la cabeza y unas bailarinas color crema en los pies. Sería la damita de honor más preciosa del mundo.

Santino se vistió en silencio, sin querer despertar a Kate. No quería ver preguntas en sus ojos, sino que las cosas quedaran ahí, limpias y sin tapujos, como un contrato comercial. Pero ella no estaba dormida y alargó la mano para tocarlo.

–¿Qué? –preguntó impaciente mientras se colocaba el cuello de la camisa ante el espejo. Había un tiempo para el sexo y otro para el trabajo, y el último no podía esperar.

–¿Te vas a marchar?

Él estuvo tentado de decirle que nunca había estado con ella.

–Tengo cosas que hacer.

–¿Y no pueden esperar?

–No –y siguió con voz suave–. Nada ha cambiado, Kate.

–¿Qué quieres decir? –se había quedado pálida.

–Que nada ha cambiado entre nosotros. El sexo está muy bien, pero…

–No… –ella saltó inmediatamente de la cama–. No me digas que tengo mucha imaginación. No me imaginé que lo de anoche fuera hacer el amor, sólo fue sexo. Qué tonta soy.

–No tengo tiempo para esto, Kate.

–Bien, no quiero retenerte, Santino. Seguro que tienes cosas mucho más importantes que hacer.


Cuando Kate bajó a desayunar, Santino estaba charlando animadamente con Meredith y con Francesca. Meredith se quedó con la taza de té en el aire para ver cómo Kate y Santino se comportaban el uno con el otro, pero la expresión de Francesca se tornó agria de inmediato.

¿Cómo podía haber estado tan ciega? Kate había olvidado por completo su preocupación por la felicidad de su hija. Aquello no funcionaría nunca.

Santino se ausentó un momento para atender una

llamada y, en medio del alivio de Kate, Meredith aprovechó para interrogarla.

—¿Estás bien? ¿Se lo has contado todo?

Kate no podía responder. Se dio cuenta de que Meredith había confundido su cansada apariencia con el dolor de haberle contado a Santino todo lo que tenía derecho a saber. En realidad, estaba dolida, pero sólo porque Santino no la amaba; a Santino sólo le gustaba acostarse con ella, pero eso nunca sería suficiente para Kate.

—¿Se lo has contado todo? —insistió ella, pero al ver la cara de duda de Kate, dijo—. No se lo has dicho, ¿verdad?

—¿Decirme el qué? ¿Kate? —apremió al ver que ella se quedaba en silencio—. ¿Nos disculpáis? —y tomó a Kate de la mano para llevársela aparte.

Como esa vez Santino olvidó las gentilezas con Kate, Francesca lo oyó y su cara se transformó. Santino supo que había deshecho el camino andado con ella, pero en ese momento no le importó. Tenía que saber de qué habían estado hablando Kate y Meredith.

—Kate… —su voz era gélida—. ¿Y bien? ¿Debería estar preocupado por esto? ¿Debería ir a hablar con Meredith?

—No la metas en esto.

—¿Por qué no? —sus ojos se entrecerraron, como si sospechase algo—. ¿Más secretos, Kate?

—No es lo que te imaginas.

—¿Y qué es lo que me imagino?

—Puedo hacerme una idea. Siempre piensas lo peor de mí.

—¿Y es que me has facilitado el que confiara en ti?

—Hay cosas que no puedo soltar sin más…

–Dime lo que ocultas o me enteraré de todos modos.

–Santino, no puedo cambiar lo que piensas de mí, pero puedo prometerte que tengo un buen motivo para guardármelo.

–¿Guardártelo? ¿Vas a explicármelo o no? –apremió él, impaciente.

Kate se llevó la mano al medallón de plata que siempre llevaba al cuello, pero el gesto, por implicar retraso, irritó a Santino, que fue hacia la puerta.

–Esto no va a funcionar, Kate.

–No… por favor… espera.

–¿A qué? ¿A qué?

Había tal hostilidad en su voz que a Kate le falló el coraje. No podía decirle lo que tenía que decirle en una atmósfera tan cargada de tensión.

–Cuando estemos con Francesca, por favor, no le hables de este problema entre nosotros.

–¿Y qué sugieres que haga? –le preguntó él.

–Que no le hables del acuerdo de las visitas antes de que vayamos juntos a explicárselo.

–Así que le diremos que se va de vacaciones o algo similar, ¿no?

–Sí –pareció aliviada. Entonces sus bellos ojos grises se tornaron suplicantes–. ¿De verdad tenemos que ir a los tribunales, Santino? ¿De verdad tenemos que exponer a Francesca a todo eso?

–Desde luego. Hasta que no seas honesta conmigo, no me puedo plantear otra opción.

–Santino, ¡estoy siendo honesta contigo! Por favor, Santino, soy la madre de tu hija.

Eso le tocó la fibra sensible.

–¿Y ni siquiera eres capaz de decirle la verdad?

–Siempre le digo a Francesca la verdad.

–No. Yo le digo la verdad. Tú quieres darle una versión adornada que crees erróneamente que la ayudará. Francesca ya sabe que pasa algo malo entre nosotros, y si no lo sabe ahora, pronto se dará cuenta.

–Sólo trato de protegerla hasta que podamos hablar con ella los dos. ¿Por qué no confías en mí?

–¿Confiar en ti? ¿Y por qué tendría que hacerlo? No me puedo arriesgar en lo referente al futuro de Francesca.

–Santino, por favor, no te vayas.

Pero era demasiado tarde, pues estaba a punto de cruzar la puerta.

# Capítulo 15

KATE agarró a Santino por la manga, decidida a hacer que la escuchara.

–Tienes que creerme, Santino. No te oculto nada –dejó caer la cabeza–. O sí. Pero no es lo que tú crees.

–Mi hija me está esperando. Apártate de mi camino –sabía que tenía que ser razonable, pero ella estaba poniendo a prueba su paciencia.

–Sólo te pido cinco minutos, Santino.

–¿Qué es esto, Kate? ¿Otra fantasía? ¿Otro montón de mentiras?

–¡No ¡Tienes que escucharme! Es algo que nos concierne a los dos.

La intensidad de su mirada lo hizo dudar.

–Cinco minutos. Vamos a mi estudio.

Santino se quedó de pie junto al escritorio mientras ella miraba por la ventana. Parecía la heroína trágica de una película, en todos los aspectos.

–No sé por dónde empezar –suspiró ella, mirándolo, como si estuviera perdida.

–Por el principio.

–No es fácil –apartó la cara de él–. Si pienso mucho en ello… No podía dejar que gobernase mi vida, así que lo aparté de mi mente. Pero ahora, la culpa…

Ella echó a llorar.

–Continúa –apremió él, pero con menos ferocidad.

–Francesca necesita una madre fuerte, no alguien

que se eche a llorar cada dos por tres –él la miró desconcertado tras su declaración inicial, pero siguió–. Quería divertirme con ella, no que tuviera una madre perdida en el pasado…

–¿Y qué, Kate?

Aquél era uno de los momentos más duros de la vida de Kate. No sabía qué palabras emplear para evocar el día en que ella estuvo pendiente de los gritos estridentes de un recién nacido, y esperó en vano escucharlos en un segundo bebé.

Su mirada lo asustó. Se sintió intimidado por la intensidad del dolor de Kate.

–Deberías hablar de ello, sea lo que sea… –se sorprendió a sí mismo agachándose para tomarle las manos–. Quiero ayudarte, Kate, pero no podré hacerlo si no me dices de qué se trata.

–Nadie puede ayudarme –susurró ella.

–Seguro que yo sí –su arrogancia natural habló por él.

Su respuesta fue abrir el medallón de plata que llevaba al cuello.

–¿Qué es esto? –preguntó él, mirando el mechón de fino pelo negro.

–Perdí a tu hijo, Santino…

Él empezó a caer en el mismo agujero negro en el que Kate se había perdido.

–Era el mellizo de Francesca. Un niño. Y lo perdí.

Él ya no oyó nada más.

Ahora todo tenía sentido para Santino. Todo, excepto su brutal comportamiento hacia ella. ¡Si lo hubiera sabido! Con las palabras aún martilleándole en el cerebro, la abrazó, pero era como abrazar a una estatua de mármol. Estaba perdido, no sabía qué hacer, por primera vez en mucho tiempo, pero sabía que quería verla viva de nuevo, moviéndose, andando…

–¿Vamos al jardín? –sugirió.

–No puedo arriesgarme a que Francesca me vea así –la niña siempre era su primer pensamiento.

–Vamos entonces a mi piso de Roma. Francesca estará bien aquí con Meredith y nosotros podremos pasar algo de tiempo juntos –si ella decía que sí, seguirían adelante, si no, no habría dónde ir.

Kate asintió con la cabeza.

Hicieron todo el camino en silencio hasta Roma. El piso de Santino estaba en el Palazzo Doria Pamphili, junto a la residencia del Primer Ministro. Nunca había llevado a nadie allí. Se trataba de su refugio privado.

Los hombres de seguridad que vigilaban la zona, reconocieron a Santino y le guiñaron un ojo al permitirle el paso. También hubo miradas para Kate, y no sólo por ser una cara nueva, sino porque la angustia que llevaba dentro era visible para cualquiera.

En el ascensor, Santino no podía controlar su impaciencia, pero no podía arriesgarse a hacer nada que la asustase, ni que revelase el shock, el dolor o la angustia que sentía. Se trataba de Kate y de la pérdida de su hijo, la pérdida más grande que una madre podía sufrir.

La llevó dentro susurrándole palabras de consuelo, y cuando entraron, Santino le dio órdenes a su ama de llaves. Condujo a Kate a su estudio y la acomodó en un sillón junto al fuego, desde donde se podía admirar la preciosa vista de la Piazza Venecia.

Inmediatamente llegó una anciana sirvienta con una bandeja cargada de leche caliente y galletas caseras. Bajo el brazo, la mujer llevaba una manta doblada, que Santino le extendió por encima a Kate sin que ella se inmutara.

–Kate –no estaba seguro de que la hubiera oído, pero estaba temblando. Añadió un chorro de brandy a la leche y le llevó la taza a los labios–. Bebe.

Ella obedeció como un niño pequeño, a pequeños sorbos, pero sus ojos no parecían fijarse en nada. Cuando su rostro recuperó el color, él le quitó la taza de las manos y la colocó de una forma más cómoda en el sillón. Después la dejó dormir.

Santino fue a hacer unas llamadas y cuando volvió al estudio, la encontró abrazándose las piernas y llorando.

–Kate, no llores. Ya no estás sola en esto. Lo superaremos juntos.

–No me has perdonado –dijo ella con certeza–. ¿Cómo vas a perdonarme?

–No digas eso. Lo que no sé es cómo te he podido tratar tan mal. ¿Cómo conseguiré ahora que confíes en mí? Lo cierto es que nunca olvidé aquella noche, y cuando nos encontramos en Roma, yo pensé que tú lo querías dejar atrás. Y lo respeté. Ahora comprendo por qué no me dijiste nada –Santino le tomó las manos a Kate entre las suyas–. Ojalá hubiera estado allí para ti.

–No podías saberlo…

Seguía defendiéndolo aun entonces, con todo lo que había pasado. No se merecía tan ternura.

–Ojalá lo hubiera sabido y hubiera podido ayudarte –se sintió tremendamente aliviado al verla inclinarse hacia él.

–Nadie podía imaginar que ocurriría algo así.

–No, y no puedes culparte por ello –le frotó las manos para calentárselas–. Ahora estoy contigo. El mellizo de Francesca tenía padre y madre, y superaremos esto juntos –él la miró y Kate empezó a sonreír.

Kate acababa de comprender que al hablar de ello, podría empezar a cerrar capítulos de su memoria, y a volver a vivir de nuevo.

–No volverás a estar sola, Kate. Te lo prometo –le aseguró él. En ese momento llamó el ama de llaves a la puerta por si necesitaban algo más. Santino le dijo que no y se volvió hacia Kate de nuevo–. Creo que deberías intentar dormir. Te han preparado una habitación, y Francesca sabe que estás conmigo. Está muy nerviosa por lo de mañana.

–¿Mañana?

–Mañana –susurró contra sus labios–, pero ahora tienes que intentar dormir.

–Eres muy amable…

–Soy el padre de tus hijos –se puso en pie sin dejar de mirarla, y la ayudó a levantarse para conducirla hacia la puerta–. Hablaremos por la mañana. Descansa y si necesitas algo, llámame. Estaré en la habitación de al lado.

Kate no podía creer cuántas horas había dormido. Santino ya se había marchado al estudio cuando ella se levantó.

–El *signor* Rossi me ha pedido que no la molestase, que tenía que dormir –informó a Kate el ama de llaves mientras le servía el desayuno–. Por eso no la he despertado. Cuando esté lista para ir a los estudios, llamaré el coche.

—¿En diez minutos?

La mujer hizo un gesto reprobatorio con la cabeza, pero al final asintió.

—De acuerdo.

Kate pasó por el hotel a cambiarse de ropa y luego le pidió al conductor que fuera lo más rápido que pudiera. No quería llegar tarde al trabajo, ni estar lejos de Santino. Estaba desesperada por saber qué pensaba él después de haber consultado con la almohada lo que habían hablado el día anterior.

La primera impresión no fue buena. Su rostro era inescrutable.

—¿Qué haces aquí?

—Mi trabajo —dijo ella a la defensiva.

—Tenías que estar descansando —la tensión pareció disminuir cuando él la llevó a un lado—. Podía habérmelas apañado sin ti, Kate. Tú eres mucho más importante para mí que todo esto —e hizo un gesto de impaciencia.

—Estoy bien. Puedo con ello.

—Pero no quiero que lo hagas —su temperamento latino salía a la luz de nuevo.

—Gracias por lo de anoche, Santino —le dijo ella, mirándolo a los ojos.

—¿Gracias? —preguntó él, incrédulo—. Para, Kate. No hagas esto más —y la abrazó delante de todo el mundo.

—Si repites eso, tal vez pierda el control —murmuró ella contra su pecho mientras él le besaba la cabeza—. Pero tengo trabajo que hacer —y se apartó.

–No por mucho tiempo.

¿Qué quería decir con eso? ¿Es que no había cambiado nada? Tal vez se refería a que pronto ella volvería a Inglaterra y… Pronto el bullicio del estudio y los requerimientos de Caddy reclamaron toda su atención, y Kate lo agradeció, porque el trabajo era su mejor terapia.

Las miradas de Santino daban alas al pobre corazón de Kate, pero ella se advertía a sí misma de que no debería hacerse ilusiones. Era normal que se mostrase más amable con ella después de lo que le había contado.

Cuando Santino acabó su reunión después de la comida, Kate no quería ponerlo en un compromiso, y dijo en voz, alta:

–Iré a pasar a limpio mis notas para que las puedas tener esta tarde.

–Nada de eso –le dijo Santino a su equipo–. Eso tendrá que esperar, porque Kate se va a tomar la tarde libre.

– ¿Por qué? No estoy convaleciente… Agradezco tu preocupación, pero… –intentó decir ella discretamente.

–Basta. Eso ha quedado atrás.

–Pero, es mi trabajo…

–Yo me marcho –dijo él, ignorando su comentario–. ¿Vienes?

–No puedo irme sin más.

–¿Por qué no?

–La gente me necesita.

–Yo te necesito.

Ella deseaba tanto creerlo…

–*Ciao,* Kate. Me marcho. Puedes venir conmigo, o quedarte.

No quería seguir jugando con ella. Lo que le había contado del mellizo de Francesca había cambiado toda su perspectiva vital. Estaba enamorado de Kate, y eso le provocaba una gran felicidad que quería compartir con todo el mundo.

–¿Qué ocurre, Kate? ¿Tienes miedo de tus sentimientos? ¿Te has vuelto cobarde? ¿Vas a quedarte en el pasado o vas a disfrutar de esta nueva vida, y seguir adelante?

Ella pareció sorprendida al principio, pero después inclinó la cabeza y sonrió. Eso hizo que él diera unos pasos de vuelta hacia ella y la abrazara.

–Kate –murmuró.

Lentamente, ella empezó a comprender, y sus ojos se oscurecieron.

–¿Podemos irnos ya? –pidió él.

# Capítulo 16

SANTINO la había ayudado a superar la última barrera de su mente, pensó Kate cuando entró con él en el piso. Meredith y Caddy le habían dado mucha fuerza, pero tenía tantos secretos ocultos que necesitaba una fuerza muy especial para sacarlos a la luz. Santino era excepcional en todos los aspectos, pensó mientras la besaba en la entrada.

Kate le rodeó el cuello con los brazos y él volvió a besarla, con más urgencia esta vez. Entonces la tomó en brazos y la llevó hasta su habitación. Ella lo besaba como un amante que hubiera descubierto a su otra mitad. Quería quitarle la ropa enseguida, quería verlo dormido, sentir su cuerpo moverse sobre ella.

Su camisa pronto estuvo en el suelo y Kate pasó a ocuparse del cinturón. La respiración frenética de Kate se detuvo cuando tuvo delante de sí a Santino completamente desnudo, mirándola. Era un hombre magnífico; musculoso, bronceado, como un gladiador de otros tiempos. Observó lentamente su torso y sus piernas poderosas, y siguió la línea descendente que marcaba su vello corporal desde su pecho hasta por debajo de la cintura, donde ella no se atrevía a mirar. Oh, lo deseaba tanto…

–Quítate la ropa –Santino la miraba fijamente–. Hazlo despacio.

Por un momento, Kate sintió vergüenza por el pobre traje que llevaba; era como si lo viera por primera vez... ¿Qué hacía ella con esa ropa? Se preguntó mientras se lo quitaba. Santino había hecho que se viera a sí misma de una forma diferente. El mundo era un lugar mejor, lleno de posibilidades.

–Lentamente –le recordó él.

Ella estaba dispuesta a complacerlo y a complacerse a sí misma. Se quitó las medias con especial cuidado, y Santino la recompensó conteniendo en aliento al ver sus blancos muslos. La falda fue lo siguiente, y luego la blusa, hasta que se quedó con las braguitas y un sujetador muy fino que apenas contenía sus pechos. Muy despacio, como el quería, Kate se desabrochó el sujetador y liberó sus pechos. Tenía los pezones erguidos y rosados, y Santino los miró con verdadera admiración. Después le indicó con un gesto que continuara.

La espera había sido larga para los dos, pero ya sólo quedaban unas pequeñas braguitas de algodón.

Fueron el uno al otro con la fuerza de la naturaleza, como bestias salvajes, con sólo un pensamiento en la mente. Santino le quitó las braguitas y los dos gritaron y gimieron, apremiándose, sin tiempo para ternuras ni finezas. Sólo había lugar para el hambre y para probarse que eran el uno para el otro.

–Me encanta cuando me hablas en italiano –susurró Kate a Santino en el oído.

Su cuerpo se onduló bajó el de él, tentándolo y guiándolo mientras él la besaba y la llamaba.

Kate cerró los ojos y se concentró en la sensación de sus manos manipulando su cuerpo como si fuera un instrumento musical... colocándola, dándole placer. Su dureza, su contacto más íntimo, fue suyo en cuanto Kate se lo requirió a Santino.

Pero esta vez fue diferente... Esta vez Kate quería que Santino llegara con ella, y haciendo un esfuerzo supremo, se contuvo. Ajustó la posición, lo sujetó con fuerza en los lugares que sabía que le gustaba, y su respuesta fue inmediata. Sus manos se clavaron en ella y pronto se oyó un inconfundible gemido.

–*Ti amo*, Kate... Te quiero.

–Y yo también a ti...

Y esta vez, tal y como ella había querido, los dos fueron libres a la vez.

Pasó mucho tiempo antes de que Kate estuviera dispuesta a admitir que estaba agotada, y cuando lo hizo, Santino la abrazó, besó sus lágrimas y le preguntó:

–¿Qué te pasa, mi amor? –susurró–. ¿Por qué lloras?

–Hay tanto que no sabemos el uno del otro. ¿Esto es sólo sexo, Santino? Si es sólo eso, prefiero saberlo ya.

–Kate, Kate –y volvió a besarle los ojos–. Te quiero con todo mi corazón, mi amada Kate. Eres la canción de mi corazón... *Cara mia*.

–Pero no me conoces.

–Siempre has sido dura contigo misma. Meredith me contó lo mal que te sentiste contigo misma cuando tus padres te echaron de casa.

–No tendría que haberte dicho nada.

–Sí, claro que sí –protestó él–. Meredith te quiere y quiere lo mejor para ti.

–¿Y eso eres tú? –ella empezó a sonreír, aliviada.

–Claro –él tenía una sonrisa de oreja a oreja.

–¿Y tú, Santino? Eres un hombre sin familia, sin historia... Cuéntame qué pasó.

Santino se quedó callado un segundo.

–Yo… yo fui un niño que se crió en las callejuelas de Roma… tal vez ese niño aún no me haya dejado.

Kate pudo comprender de inmediato por qué Santino tenía tantas dificultades para confiar en la gente, después de los horrores que habría visto en su juventud. ¿Y quién podía creer que Santino Rossi, el empresario de éxito, había tenido un pasado tan oscuro?

Ella lo abrazó cuando él pensaba que tantos malos recuerdos la apartarían; Kate le acarició la cara, pero esta vez, él no se apartó.

–Necesito tu fuerza –le susurró ella.

–Y yo la tuya –admitió él, sorprendiéndose a sí mismo.

Kate se despertó primero y encontró a Santino dormido a su lado. Estaba aún más guapo que despierto, si tal cosa fuera posible. Tenía un mechón de pelo sobre los ojos y sonreía como un niño inocente.

Lo amaba. Kate sonrió mientras miraba al hombre del que estaba enamorada, pensando en lo increíble de su encuentro y en cómo habían compartido su dolor la noche anterior. Santino le había contado que su madre nunca volvió y que creció odiándola. Había sido una larga agonía desde su infancia. Ya no había secretos entre ellos.

–¿Kate?

No se había dado cuenta de que estaba llorando.

–No es nada –le tranquilizó–. Es sólo que estoy feliz.

–*Ti amo*, Kate –le susurró él. No se cansaba de decirle lo mucho que la amaba.

Estaba estrenándose en muchas cosas: nunca le había dicho a una mujer que la amaba, pero nunca había amado antes como amaba a Kate y a Francesca. De hecho, no se creía capaz de poder enamorarse, y el hecho de haberlo hecho de Kate le demostró que por fin podía dejar atrás su pasado. Toda una vida de contener sus emociones… pero gracias a Kate, estaba aprendiendo.

Se sintió profundamente enamorado de ella cuando la tomó en sus brazos y la besó.

–¿Debo asumir que tengo una nueva asistente? –murmuró él, con una sonrisa traviesa.

–Hay gente que no se para ante nada para contratar buen personal…

–Lo cierto era que nunca había tenido que llegar tan lejos –admitió él, mirando las sábanas arrugadas.

–¿Estás nerviosa?

–¿Por el trabajo? –rió ella–. No.

–¿Por mí?

–Tampoco. A ti sé manejarte.

Él echó a reír y ella lo imitó cuando él la buscó para llevarla de nuevo a la cama.

–¿Nunca te cansas?

–No cuando tú estás cerca –le aseguró él.

Él bebió sus gemidos de sus labios, y poco tiempo después ella estaba otra vez al borde del abismo. Él la levantó sobre él y preguntó:

–¿Contenta?

–Aún no he acabado contigo –dijo ella, pícara, con un hilo de voz.

–Ése es el tipo de amenaza que me gusta.

Fue como hacer el amor por primera vez.


Se hizo tarde para cuando se ducharon, vistieron y comieron la sencilla tortilla que Santino había preparado. Tenían que volver al *palazzo*, donde Francesca les esperaba. Los dos necesitaban acariciarse, pero también construir una relación poco a poco, y charlar sobre el pasado, el presente e incluso el futuro.

–Creo que se ha hecho tarde para ir al *palazzo*, Kate. Llamaré a Meredith para avisarle de que no nos esperen –dijo él–. Me temo que tendrás que pasar otra noche aquí, Kate.

Le encantó cómo la sonrisa fue creciendo en los labios de Kate, y le encantó aún más que después fuera a abrazarlo.

–Entonces vendrás a trabajar para mí –bromeó él más tarde, cuando estuvieron abrazados en la cama.

–Está claro que necesitas a alguien.

Kate aspiró hondo al sentir otra oleada de deseo.

–¿A quién necesito? –preguntó él contra sus labios.

–A mí –dijo ella con confianza, mientras él se excitaba entre sus brazos.

–Te quiero, Kate…

–Yo también te quiero, Santino.

Él sintió que el corazón le iba a estallar de gozo. Con Kate a su lado, tenía lo que siempre había ansiado: una familia y amor, y por fin estaba dispuesto a comprometerse para cuidar de ello.


Volvieron al *palazzo* al día siguiente por la mañana, y Francesca estaba esperándolos en el patio con Meredith.

–Espero que te apetezca dar un paseo hoy… –le dijo a Francesca.

–¿Por qué? –respondió la niña, esperanzada a la vez que triste.

–No sé. Si vienes, lo verás.

–Mamá no puede ir a pasear con esa ropa –dijo, mirando el traje de su madre que se había tenido que volver a poner.

–Entonces tendremos que comprarle otra nueva –lo cual Santino ya había hecho, como descubrió Kate más tarde con ayuda de Francesca.

Kate se puso un conjunto más informal de vaqueros, jersey y deportivas, y salieron al patio. La ropa le sentaba estupendamente, y no tenía tiempo para preocuparse por quién la había pagado.

–Te lo puedo descontar del suelto.

–Más bien de los diez primeros años de trabajo… esta ropa no es precisamente barata, y hay todo un guardarropa ahí.

–Diez años –sonrió Santino–. Entonces eso será lo que te tengas que quedar en Roma, por lo menos.

Francesca empezó a gritar de emoción, pero Kate lanzó una mirada de advertencia a Santino. No había nada seguro aún excepto que se amaban.

–¿Dónde nos llevas? –preguntó Kate, para volver a un tema más seguro.

–A un sitio que espero que te guste.

Tuvieron que estar largo rato sin moverse para no espantar a los corzos con sus crías de unos seis meses. Vigilando su harén un macho olfateaba el aire y levantaba altivo la cabeza.

–¿Sabe que estamos aquí? –preguntó Kate, con los labios casi rozando la oreja de Santino. Sus miradas se encontraron, no queriéndose separar.

–No. Si no estamos a favor del viento, no puede detectarnos –Santino le apretó la mano en un gesto de intimidad—. Vamos —dijo, poniéndose en pie cuando los corzos se marcharon—. O llegaremos tarde.

—¿Tarde? ¿Tarde para qué? —Kate corrió tras él.

—Vamos, mamá, tenemos que darnos prisa —dijo Francesca, adelantando a su madre a la carrera.

—¿Qué es lo que habéis planeado? ¿Dónde está Meredith?

—No te preocupes por ella —explicó Santino, llevando de la mano a Kate y a Francesca a una zona más profunda del bosque.

Caminaron hasta llegar a una valla de madera. Los pájaros cantaban en los árboles y olía a hierba recién cortada. En medio de un prado había una casita preciosa, rodeada de espaciosos jardines.

—¡Qué casa tan bonita! ¿Quién vive ahí, Santino? —preguntó Kate.

—Pensé que os gustaría a Francesca y a ti.. y a mí también. ¿Qué te parece, Kate? En una casa de ese tamaño podemos ser una familia de verdad.

—¿Lo dices en serio? —Kate estaba asombrada.

—Yo nunca bromeo con las inversiones.

Estaba a punto de creerlo cuando lo vio sonreír.

—Me estás tomando el pelo.

—¿Cómo me iba a atrever yo a hacer tal cosa?

Había muchas cosas que Santino Rossi no se atrevería a hacer, pensó Kate, y lo besó.

—Vamos… nos están esperando —llamó Francesca, corriendo por el camino que llevaba a la casita.

—¿Todo el mundo? ¿A quién se refiere? —Kate se volvió a Santino.

—Será mejor que vayamos a ver.

—Veo que tenéis secretos conmigo.

La expresión de Santino hizo que a Kate le latiera

el corazón a mil por hora. Iba a echar a correr detrás de Francesca cuando Santino la agarró y la besó. Fue un beso lento y sereno, una promesa de vida y de futuro.

—Podría ser nuestra casa, Kate, imagínate… Aquí podría crecer Francesca y aprender a ser fuerte como su madre, y tal vez lleguen más niños…

Sujetando el medallón de plata en la mano, Kate intercambió una mirada con Santino. Allí podrían compartir todo lo que el futuro quisiera depararles, pero ni ella, ni los demás estarían solos.

—Es más acogedor que el *palazzo* —admitió Santino—, aunque también podríamos vivir allí, si tú quieres. ¿Qué te parece, Kate?

—Creo que te quiero.

—Eso era lo que esperaba que dijeras —levantándola en brazos, la besó y caminaron juntos hacia la casa.

Cuando Santino apareció en el umbral se oyó un griterío. Kate vio que todo el mundo estaba en el salón, desde Caddy y Meredith, a los sirvientes y la pareja italiana que regentaba el restaurante donde habían cenado juntos por primera vez.

—¿Has hecho todo esto por mí? —apenas podía creerlo.

—Por ti y por Francesca… —del bolsillo trasero de su pantalón vaquero, Santino sacó un pequeño estuche de terciopelo—. Y ahora, porque quiero que todo el mundo sepa lo enamorado que estoy de ti, voy a preguntarte una cosa delante de todos.

—¿Y vas a ponerme en un compromiso?

—Por supuesto.

Todos contuvieron el aliento cuando Santino abrió la cajita.

—¿Quieres casarte conmigo, Kate Mulhoon? –dijo, poniéndose sobre una rodilla.

Kate contuvo una exclamación y miró los preciosos zafiros rodeados de diamantes.

—Será mejor que digas algo –le advirtió Santino–, porque si no, Francesca no tendrá su regalo.

—Entonces será mejor que diga que sí... Sí –declaró Kate alegremente para que todo el mundo pudiera oírlos–. Me casaré contigo, Santino.

—Aún no he acabado –advirtió Santino al gentío. Hizo una señal y un par de técnicos del rodaje llevaron un baúl y lo dejaron en el suelo.

—Esto es para ti, Francesca –dijo él–. Espero que te guste y lo encuentres útil.

—¿Qué es? –preguntó la niña con los ojos muy abiertos.

—Ábrelo y verás.

Dentro había todo lo necesario para cuidar de un poni muy especial.

—Qué idea tan estupenda –dijo Kate a Santino.

Él se encogió de hombros.

—Sólo quiero que seamos felices.

—Para siempre.

—Dejemos las fantasías para las películas –sugirió Santino mirando a Kate a los ojos–. Ésta es mi realidad, y es la única que quiero.

—¿Una familia? –sugirió Kate con ternura.

—El regalo más grande que se le puede dar a un hombre –admitió él, mirando a Kate antes de atraerla a sus brazos.

# Ciudad de amor

## Jill Limber

**¿Lo que sentían era nostalgia del pasado... o el amor que nunca había muerto entre ellos?**

Muchas cosas habían cambiado desde que Jennifer Williams se marchó de Blossom... pero no su modo de reaccionar ante el sheriff Trace McCabe. Había sido una tontería creer que podría pasar todo el verano en la ciudad y no verlo. Sin siquiera darse la vuelta había reconocido el sonido profundo de su risa. Aunque no había tenido intención de recordar sus besos ni de revivir su romance, había dos cosas que estaban muy claras: su amor por Trace no había desaparecido... y había llegado el momento de decirle que aún seguían casados.

# Deseo™

## Alma solitaria

Sandy Steen

Reese Barrett no podía creer el número de mujeres que había dispuestas a consolar a un vaquero solitario. Pero la única que se había ganado su devoción había sido la dulce y sincera Natalie. Pero antes de que pudiera conocer personalmente a la mujer que le había escrito aquellas maravillosas cartas, apareció en la ciudad al seductora Shea Alexander y desató la libido de Reese. Natalie le había robado el corazón... pero Shea despertaba todos sus sentidos...

**¿Cómo podría elegir entre las dos mujeres a las que amaba, a una en cuerpo y a otra en alma?**